喊爷爷

侯淑玉——

著——

中国言实出版社

图书在版编目（CIP）数据

喊爷爷 / 侯淑玉著 . -- 北京：中国言实出版社，
2021.6
ISBN 978 - 7 - 5171 - 3078 - 9

Ⅰ . ①喊… Ⅱ . ①侯… Ⅲ . ①革命故事—作品集—
中国—当代 Ⅳ . ① I247.81

中国版本图书馆 CIP 数据核字（2021）第 122176 号

出 版 人　王昕朋
责任编辑　张国旗
责任校对　代青霞

出版发行　中国言实出版社
　　　　　地　　址：北京市朝阳区北苑路 180 号加利大厦 5 号楼 105 室
　　　　　邮　　编：100101
　　　　　编辑部：北京市海淀区花园路 6 号院 B 座 6 层
　　　　　邮　　编：100088
　　　　　电　　话：64924853（总编室）　64924716（发行部）
　　　　　网　　址：www.zgyscbs.cn
　　　　　E-mail：zgyscbs@263.net
经　　销　新华书店
印　　刷　北京温林源印刷有限公司
版　　次　2021 年 7 月第 1 版　　2021 年 7 月第 1 次印刷
规　　格　880 毫米 × 1230 毫米　1/32　9 印张
字　　数　181 千字
定　　价　58.00 元　ISBN 978 - 7 - 5171 - 3078 - 9

目 录
CONTENTS

喊爷爷

那年，我还在幼儿园。有一天回家，一进门就眼前一亮：爸爸！

我大喊一声，举着胳膊就奔向了一身戎装的父亲，可还没等我扑进父亲的怀里，胳膊就被威武的父亲一把攥到了手里，力度之大让我直咧嘴。可一向疼爱我的父亲却没见似的拉着我就进了屋，而且一使劲把我按到了地上，让我跪下对着客厅正中沙发上的一个老头儿喊"爷爷"。

我心里有些委屈，没想到思念好久、梦见不知多少次的父亲，一见面不但没有像以往那样用两只大手举着我转圈圈，反而把我按到地上给一个不认识的人磕头喊爷爷。

我含着眼泪，透过泪水瞥见一个黑色的身影端坐在面前。那人脑袋不大，身体瘦弱，小眼，长脸，瘪嘴，眉毛稀疏、胡子稀疏，脑袋顶上的头发更是稀疏，几乎秃了一般，不光如此，而且都是褪了颜色的白。

"爷爷?"不就是父亲的爸爸吗?可我怎么看，却也不像呀。

我的父亲是谁?不要说是解放军团长的威武气势，就是单让幼儿园小朋友羡慕不已的高大身姿，也不像呀。

"快喊爷爷!"父亲洪钟似的声音把我从胡思乱想中惊醒过来同时也把我含着的泪震出了眼眶。

"爷爷。"我虽不情愿，仍是含着泪对着那干瘦的老头儿叫了一声。心里怨着父亲的同时，也对这位突然而至的"爷爷"生出了怨恨。

从此，我家多了一位每天出门、回家都要喊的"爷爷"。而本来就上班忙碌，下班照顾我们兄妹的妈妈，更是多了一位要侍候的"老爷子"。

可妈妈却没有不高兴，反而是一声声喊着"爹"。不是说"爹您喝茶水"，就是说"爹您吃饭"。那语气就好像是对待生病的我们，脸带着微笑，声儿含着温柔。

尤其是那天，我们还没进门就闻到红烧肉香味，当我们饿狼似的扑进屋里，面对着饭桌上那碗油汪汪红亮亮的红烧肉，却看见自己的妈妈一边说"爹，您尝尝您最爱吃的红烧肉"，一边把诱人的红烧肉搛到了那位爷爷的碗里时，心里是多么委屈难受呀。

妈妈才把肉放下,嘿,那位不知哪里来的"爷爷",就毫不客气地把我妈妈搛过去的红烧肉极快地放进了他没有几颗牙的瘪嘴里,点头说"香"的同时,就"哧溜"一声咽进了肚子里。

妈妈一看,竟连伸着脖子张着嘴的我们没看见似的,又是欢喜地把本就不多的红烧肉连着搛过去好几块。这让围在桌边流着哈喇子的我们,把埋在心里的厌烦不得不从眼角处射向了那一张一合的瘪嘴上。

要知道,那可是20世纪50年代,红烧肉,不要说平常人家,就算我们"团长"之家,也只有过年、过节才可能做上一顿,吃上一两块呀。而能在今天闻到红烧肉的香气,可真真地、大大地出乎我们的意料。

啥日子?过年?不是。过节?不是。管他啥日子,能吃块红烧肉解解馋,才是真的!

可红烧肉再香,再诱人,哈喇子流得再长,也不能把攥在手里、早就跃跃欲试的筷子伸过去。规矩!规矩!母亲不说"你们吃吧",谁敢行动呢?何况此时,一向在团里忙工作很少回家的父亲今日也特意守在了桌子边上呢。

"爹,您尝尝这酒。"父亲弯下高大的身躯,一手握着酒瓶,一手端着酒杯,小心地把散发着清香的酒斟满了。之后,又双手捧着递到那位"老爷了"手里。

那位"老爷子"也不客气,接过酒杯,一抬手、一扬脖,那张瘪嘴"吱儿"一声,满满的一杯酒就入了肚,连说"好酒,好酒"的同时,黝黑的脸上还洋溢出一副心满意足的神态。

父亲呢，更是忙不迭地拿过酒瓶，接过酒杯，又给见了底儿的酒杯满上了。

"快给爷爷磕头，祝爷爷长命百岁。"父亲还没等把手里的酒瓶放稳，就伸出大手哄赶鸡鸭似的把守在桌边等着吃红烧肉的我们哄下桌，大声地喊着让我们给坐在正中的那位"爷爷"磕头祝寿。

那天，不是过年，也不是过节，是爷爷八十岁的生日。

爷爷成了家里的"宝"，原本在爸妈心里称作宝贝疙瘩的我们，自这位爷爷来了之后就没位置了。

可是，爷爷死了。

那是我上大学以后的一个假期。那天我和同学小刚像以往一样回家。就在我们进了部队家属院，拐向家门的时候，却突然听到了哭声。

"是你们家！"小刚吃惊地说。

"是妈妈……妈妈在哭！"我吓出了一身汗。

妈妈和父亲一样也是军人，在我的记忆里，不要说哭泣，就是皱皱眉头也是少有的。妈妈怎么啦？！

我猛地推开门，还没喊出"妈"就被眼前的景象惊住了：往日端坐在沙发上、见着我们就搂这个抱那个的爷爷，此时竟躺在客厅里的门板上。而那双看见我们就笑眯眯的眼睛也闭上了。

而爷爷的床前，妈妈正跪在地上伤心欲绝地大哭。

"妈，爷爷……爷爷怎么……怎么啦……"看着妈妈的眼泪，听着妈妈的悲声，我也不由得眼睛湿了。

"爷爷……爷爷……他走了！"妈妈又是一声哭喊。

"爷爷……走了？"我瞪着早已蓄满泪水的眼睛，迷惑地看看妈妈，此时妈妈的脸上正有两条小河簌簌地从那两只红肿的眼睛里淌出来。

"不！不！"我挣脱开妈妈拉着我的手，对着闭上眼睛的爷爷大喊，"爷爷！爷爷！……"

虽然这位爷爷"夺去"了我在家中宝贝的地位，但我也不愿让爷爷离开呀。

爷爷依然闭着眼，闭着嘴，就是以往翘动不止的白胡子，也是软软地塌着，一丝动静也没有了。

"爷爷！您答应呀！爷爷！您答应呀……"我哭喊着！任鼻涕眼泪肆意横流。

"爹——"一声雷似的哭号一下子把我们吓住了。一身军装的父亲从大门口闯了进来，随着震颤人心的哭声，山似的身躯也矮了下来，跪在了爷爷的床前。

"儿子来晚了！儿子来晚了！"父亲捶打着自己！以往总是闪着威武之光的大眼睛此时喷发出了汹涌的泪！

爷爷死了，父亲所在的部队礼堂为爷爷举行了追悼会。

那天大堂正前方悬挂着一条横幅："革命功臣李德忠永垂不朽"。穿着军装的叔叔阿姨挤满了大厅。小刚也随着穿军装的爸爸妈妈来了，他眼里也是泪水，因为他也很喜欢爷爷，爷爷也很喜欢他。

小刚拉着我的手，用另一只手指着礼堂正前方的横幅上的"李德忠"三个字，有些疑惑地问："你爷爷？"

我姓王，父亲自然也姓王，那爷爷为啥姓李？

我问妈妈，妈妈只顾得抽泣。我又问父亲，已经是"师长"的父亲完全没了"首长"的样子，更是哽咽得说不出话来。

原来，父亲在抗日战争中参加了一次非常惨烈的战斗，他的战友几乎全部牺牲了。父亲当时也受伤昏死了过去。

父亲说：那是在1940年的"百团大战"的战役中。我们的部队在大山里与日寇作战。日本鬼子不仅有大炮而且有飞机，一架又一架的敌机就在我们头顶上盘旋轰炸。

那次敌机呼啸着又来轰炸，高喊"趴下！快趴下！"的连长还没来得趴下隐蔽，敌机就扑了过来！

"轰！轰！轰！……"一颗颗炸弹就在我们的阵地爆炸了！

眼看一颗炸弹向连长投来，我跃身一扑，将他往山沟里一推，"轰！"炸弹爆炸了，我飞了出去。

但我没有死。也不知过了多久，我醒了，天黑了，没有了枪炮声，也没有了战友。

"快来！他还活着！他还活着！"我听见一个人兴奋地大喊。接着我模模糊糊地看见了许多人的影子。

"快抬我家去！"又是那个人的声音！等我再次醒来时，我已经躺在一间茅草屋的土炕上了。有个说是老郎中的人正给我清理伤口，敷药。"真命大呀，没伤着要命处，好好调养调养就能恢复。"老郎中说。

"中！能活就中！"站在一旁的那个人使劲点着头。他不高，瘦瘦的，头发花白，下巴的胡子也是花白的，一条腿好像有点瘸。他没有媳妇也没有儿女，屋里屋外就是他一个人。家里很穷，石头桌子，石头凳子，身上的裤子褂子也破烂不堪。可就是这个人三五天就跑出去买来中药给我疗伤，还一早一晚打山鸡野兔给我补充营养。

　　"老乡，我是八路军呀，日本鬼子抓到可要杀头的！"

　　"哼！日本鬼子，这帮畜生，杀我的乡亲，烧死了我全家……这是家仇国恨呀！"

　　原来这位老乡就是冒着生命危险以放羊做掩护为八路军送情报、护送伤员的地下交通员，他不仅被日本鬼子打伤了一条腿，家里老小六口人还被日本鬼子、汉奸用火烧死了。但他仍不畏惧，一直坚持战斗。这次就是他组织村里的乡亲们来到八路军与日本鬼子博杀的战场，寻找受伤的战士、掩埋牺牲的烈士。

　　原来如此，是这位爷爷把我父亲从死人堆里扒了出来，背回家，又连夜穿过几个山头找来郎中为父亲止血疗伤，这才保住了父亲的性命，这才有了伤愈后找到部队打败日本鬼子、参加了解放战争，立功、授奖、入党、提干当团长升师长的父亲。

　　当年父亲伤愈寻找部队前，曾对失去家人孤苦无依且有救命之恩的爷爷承诺：一定要把日寇赶出中国！一定要为他全家报仇！待到新中国成立后，一定为他养老送终。

父亲兑现了承诺。爷爷在我家生活了十八年，享年九十岁。

爷爷临终前，对母亲说：日本鬼子烧死了我全家让我成了一个人，但新中国又给了我一个家，遇到了你们这一家子好人。我这辈子值了。

老爷爷怎么又哭了

那天晚上，亮亮和老爷爷一起看电视剧。电视剧的名字叫《亮剑》，是打仗的。

看着看着，亮亮无意间一抬眼，突然看见白胡子的老爷爷眼圈红了，老爷爷好像哭了。

亮亮歪着头轻轻地问老爷爷，是不是腿又疼了？因为亮亮常听奶奶说老爷爷腿疼，可亮亮从没见过老爷爷因腿疼哭过呀。

又一次是睡过午觉，奶奶让亮亮陪老爷爷看电视。

电视里正在演红军长征，一位小红军战士陷进了沼泽地里，伸着两只手……

亮亮看着就听见什么声音，一扭脸，竟看见老爷爷的眼里满是泪花。老爷爷又哭了。

亮亮一看赶紧喊来奶奶。奶奶也吓坏了，急忙问老爷爷哪儿不舒服。老爷爷摆着手，意思是说，没事。

10月1日是国庆节，亮亮和老爷爷还有奶奶都坐在沙发上看电视。天安门广场可真好看，到处是人。

一队队解放军迈着整齐的步伐"咔咔"地走过天安门，那真是帅气！接着就是一辆辆拉着导弹的汽车，好霸气！一架架在天安门广场飞过的飞机，那就更神气了！

亮亮都看直眼了，奶奶的手也拍红了，可老爷爷竟又哭了，而且哭出了声。

亮亮赶忙扭头去看，竟看见老爷爷的眼泪都流到了白胡子上了。

奶奶赶紧起身把老爷爷扶进里屋，还拿出药片让爷爷吃。

"老爷爷肯定是腿又疼了。"亮亮心里想。

果然没过几天，老爷爷就不能和亮亮一起看电视剧了。

老爷爷住进了医院，住了好几天也没有回来。

亮亮仰着脸问奶奶：老爷爷哪儿去了，为啥不回家？奶奶没回答，最后竟搂着亮亮红着眼圈说，老爷爷再也回不来了。

亮亮的奶奶和爸爸收拾老爷爷的屋子。奶奶在爷爷的床下发现一个很旧的蓝布包。亮亮猜想，一定是老爷爷的"财宝"。

奶奶把小包儿一层一层解开，里面又是一个红布包，再一层层打开，看见的却是一个生了锈的小铁盒。

小铁盒虽然生了锈，可爸爸用手一掰就打开了。里面没有什么财宝，只有三个圆圆的、带着五角星的纪念章。

亮亮有点失望，可奶奶和爸爸却得了宝贝似的捧在手心里，看了好久好久……最后，竟都像老爷爷那样流着眼泪，哭了。

奶奶说，老爷爷小时候当过红军，还打过日本鬼子，这事老爷爷一直没说。

小石头寻爹

　　那年冬天，五岁的石头一出门就被一个高他半头的小子，打了个仰八叉，摔得他手脚生疼。但他不敢哭，因为他没爹，哭也白哭。娘瘦小，奶眼瞎，他只能忍着。他恨爹，娘也恨。娘说，娘刚生下他七天，爹就在夜里跳墙走了，从此再没回来。

　　石头十四岁那年春，奶奶生病，娘和他用家里的架子车拉着奶奶去离家七八里的镇子，传说那里有位大夫看病看得好。说是在部队当过军医。

　　大夫四十多岁，中等个儿，红脸膛。石头和娘把奶奶扶进屋，还没落座，大夫就把目光投给了石头，而且是愣怔了许久。石头心里有些发慌，"难道他是我爹？"

给奶奶看完病，那位大夫拉住石头，写了一张字条，一再嘱咐他，让他拿着尽快去城里找一个叫张杰的人。

　　娘说，看着大夫不像坏人。第二天一早，娘就出门找到要去县城赶集的乡亲把石头捎进城。石头按照字条写的地址，一路打听，终于找到了那个叫张杰的人。

　　那人一见着石头，还没等石头开口说话就眼圈发红，一下子攥住了石头的手，而且很快带进屋。看着整洁的屋子，一身破烂衣服的石头浑身不自在，手脚都不知放哪儿合适了。

　　那人让一个女人给石头端来热水，洗头、洗脸、洗脚，最后还拿来一身绒衣绒裤给石头换上了，石头身上一下子热乎乎的了。

　　"他是我爹吗？"他暗暗地想，想得心里暖暖的。

　　"吃吧。"一碗热气腾腾的荷包蛋端到了石头的面前。

　　吃过饭，那人拉着石头的手走出家门，说是要带他去见一个人。"他不是我爹。"石头有些失望。

　　他们坐上了一辆绿色的汽车（吉普车），很快来到了一个高大门楼的门前。一下车，石头就瞪大了眼睛：太气派了！虽然石头没见过，但也知道这不是一般人家。

　　"首长好！"果然，领着石头进门的那个人说话的同时还"唰"地敬了个礼。可那位首长的眼睛并没有看他，而是把目光投向了石头。看了两三秒钟之后，一伸手就把枯瘦的石头拦在了怀里，而且还呜咽着哭了。

　　"他是我爹！"石头心里一阵激动！

首长看着石头，满眼泪水。石头看着首长，心里虽然想着是爹，却还是有些害怕，因为这位可能是爹的首长脸上有一块很长的疤，吓人得很。

首长让石头坐在沙发上，拿起笔在一张纸上很快地写起了什么。之后交给一个穿军装的人，让他带着石头回去，交给武装部，说：要尽快办理。

"回去？"石头心里一凉，"他也不是我爹。"

首长把石头送上车时，将五块钱塞进石头的兜里。回家后，娘说，从没见过呢。

两个月过后，石头几乎把这件事忘了。突然有一天，一辆绿色的小汽车开进了村里，而且一直顺着街里的土路开到了石头家的土坯房门前。

车子后面跟着许多人，其中就有一挥手就把石头推一仰八叉的那个孩子。

车子一停，后面的人就围了上来，都使劲瞪着大眼看着石头家。

石头听见汽车声，最先从屋里跑了出来，看见汽车和一群人吓了一跳。随后出来的石头娘也是一惊。

车上一前一后下来两个穿军装的人，那军装石头见过。他们说是县武装部的。其中一个人手里拿着一个黑色的长方皮包。那人一进屋就从包里面拿出一个黄色袋子，放在了石头娘的手里，说，里面是七百块钱。同时还拿出一张盖着大红印的纸，说是民政部颁发的抗日英雄烈士证书。石头娘接过这张纸，就哭了。娘说："石头，你爹死了，你爹让日本鬼子杀死了……"

原来石头的爹，1938年参加了马本斋的抗日武装——回民支队，那位给石头奶奶看病的大夫，还有那位大夫让石头寻找的张杰，以及那位"首长"都是与石头爹当年打鬼子的生死战友。在一次与日本鬼子的作战中，石头爹就是为救下鬼子刀下的战友，被鬼子的刺刀扎死了。而那位战友，就是那位首长。

前院有位哑巴叔

我七岁时，前院搬来了一家人。这家四口人，有爸爸有妈妈，还有一大一小两个孩子，大的是女孩儿，小的是男孩儿，女孩儿年龄和我差不多，男孩儿要小一两岁。

男孩儿把脸贴在里屋的窗玻璃上，女孩儿把身子躲在外屋的门后边。两双眼睛一下一下地朝我们这边看。

我们呢，一个挨一个，一溜排开贴在篱笆后，用俩手扒着从树枝扎的篱笆的缝儿瞪着眼睛使劲往里瞅。

他们的妈妈在灶台忙着做饭，爸爸忙着往屋里搬东西。

他们的爸爸很高，很有力气，腰板很直，那样子真是很威武。只见他腰一弯、手一伸，两只胳膊一用劲，一个大箱子就抄了起来，双脚一迈，三步两步就把大箱子搬进了屋。一趟接着一趟，堆在院里的箱子、柜子好像没费啥劲儿，就搬完了。

高大的爸爸从屋里出来，扯下脖子上的白毛巾，想是要擦脸上的汗吧，一抬头，一双又大又圆的眼睛好像无意间一扫，就把我们扫进去了。那双大眼睛朝着我们闪了闪，接着就掀动着嘴唇冲着我们"啊啊"着打起了手势，意思好像是让我们进去。

可我们一见，却"哄"地一下撒开了脚丫子，跑了。"他是个哑巴！""他是个哑巴！"我们几个几乎同时得出了这个结论。

哑巴可不能惹。村里有个哑巴，个子矮不说，还很瘦，细胳膊细腿的，却很凶！见着我们小孩儿就舞着手、瞪着眼"啊啊"地追赶着吓唬人，不但村里的小孩子怕他，就是上了中学的哥哥姐姐们，也躲着他。所以我们这些七八岁的小孩儿没有不怕他的，他一露面，没有不玩命跑的。

哑巴可怕，哑巴厉害，哑巴讨厌，总之，哑巴给我们留下了很"坏"的印象。

但我们没有就此打住，不到半天就又你推我搡地凑到了前院人家的门口了。

这次那哑巴没露面，是他家的小闺女儿扭扭搭搭地朝我们走了过来。

她说，她叫小兰。说着一只手往兜里一伸，就掏出了一把花花绿绿的糖块。让我们眼前一亮！

小兰细声细气地对我们说，我爸说让你们尝尝。说着就将一块一块馋得我们流口水的糖递到了我们面前。

要知道，20世纪70年代初，我们农村还是很穷的，不要说吃糖块，就是吃饱饭也是不容易的。

我们对着过年来客人才有可能吃到的糖块，起先还红着脸不好意思地愣着，可最终还是忍不住伸出了一只只脏兮兮的小手。

小兰让我们到她家里去玩，但我们不敢。

小兰说她爸没在家，我们这才抬着脚轻轻地进了门。可还没等把她家打量打量呢，就听见了"丁零零"的自行车的车铃声在院子里响了！

"她爸回来了！"心里刚这么想，一抬眼就与那个高大的身影撞上了。刹那间，我们就像一只只惊慌失措的小野猫"嗖！嗖！"地向外蹿，一口气跑出了很远，直到气喘吁吁地跑不动。

可是，没过两天，那个高大的身影竟出现在我的家里。

那天下午我放学一进门，就看见有一个山似的身影站在妈妈面前，并且比画着什么。等我发现是他，还没从惊疑中反应过来时，他一扭脸就瞅见了我。我刚要转身向后跑，却见他撩开大长腿就朝我来了，而且一抬手，一把抓住了我。

我刚要大声喊"妈——"，却见他张开另一只手，变戏法似的亮出一个红色的东西。

"小皮球！"我双眼一亮。

面前的山矮了下来。

他蹲下了，大眼眯成一条缝儿，伸着手把小皮球举到了我的眼前。

"快叫叔叔。"妈妈说。我刚要伸手接皮球、张嘴叫"叔叔"，可眼光不经意间那么一瞥，刹那间，仿佛被大马蜂蜇了似的，眼睛大睁，身子一抖，比之前更加害怕地呆住了！他的头顶上有一碗大的地方没有头发，猩红而鼓凸着！

"快说谢谢！"妈妈说。可我却猛地将被他握着的手使劲一抽，一个急转身，跑了。

从那以后，我再也不敢正眼看前院的哑巴叔，就是他家的大门，我都要躲着走，更甭说到他家找小兰去玩了。就算我高中毕业上班成家了，对于前院哑巴叔的印象都没有从当年的惊悚中走出来。

那是初春的上午，我牵着五岁的女儿回娘家。刚要走到家门口，女儿突然猛地抓紧了我，身子一抖，迅急地躲到了我的身后！

一个白发稀疏，顶着红色大疤痕的脑袋在墙角突兀着！

是前院的哑巴叔，他老了。当年高大的身躯藏在那旮旯里，黑色的棉袄，黑色的裤子，倚靠在那堵脱了墙皮、长着茅草的院墙下，此时在那堵墙的映衬下，哑巴叔就像一堆放了很久的柴火堆。

哑巴叔头上原本不多的黑发不仅早就变白了，而且越来发稀少了，而那块头顶上的大疤痕呢，却是越加凸出而恐怖了。

望着正在瞌睡的哑巴叔，我拉紧女儿的手，轻而快地闪进了家门。

母亲说，你哑巴叔老了，儿子闺女都各自成家进了城，除了过年过节送钱回来一两次，平日里基本看不见。

有一天上午，我回娘家正陪母亲聊天。前院突然传来了哭声，我们急忙跑过去，却见一位同样白发稀疏的老人正抱着哑巴叔大哭！

一问才知道，那位抱着哑巴叔痛哭的老人，是从千里之外的四川来的，特意要孙子带着他看望哑巴叔叔的。老人含着满眼的泪水告诉我们：我的命是他给的呀……

原来哑巴叔和这位老人都当过兵，1951 年的 11 月，他们随部队跨过了鸭绿江，一起参加了保家卫国的抗美援朝战争。

那次他们连执行阻击任务。他们面对的不仅是耀武扬威的敌坦克以及随之蜂拥而上的美军，还要面临头顶上的美国飞机一天几十次的轮番轰炸，一颗接一颗的炸弹几乎把阵地上的山峰削去了一半。但阵地依然被他们在炮火连天硝烟弥漫中坚守着。

突然一颗炸弹呼啸着向他飞来！他吓蒙了，就在他以为会被击中炸飞的瞬间，是叔叔一跃而起，奋力一扑，把他推到了山沟里。等敌机过去，他爬出山沟，浑身是血的叔叔已经昏死过去了……

叔叔救下了当时只有十八岁的他，而魁梧帅气的叔叔，却被弹片击中头顶，虽经救治保住了性命，却因脑神经严重损伤，不仅耳朵失聪了，就连说话的能力也没有了。

又是一个阳光灿烂的日子，我决定带着上小学二年级的女儿回趟娘家。

那日，前院的哑巴叔依然偎在墙角处晒太阳。我看到了，女儿自然也看到了。

女儿再次抓紧了我的手，但这次我没有牵着女儿迅速闪进家里，而是一手牵着女儿，一手从兜里掏出一个红色的小皮球，缓慢而坚定地走向了那偎在墙角瞌睡的哑巴叔。

我喊声"叔"，还没等我和女儿蹲下身子，那低垂着的头就抬了起来。我把小皮球捧在手里，递到哑巴叔的面前。

哑巴叔眼睛亮了，嘴角向上动了动，随后小心翼翼地伸出手，指了指我，又指了指与我当年同样大的女儿，闪着光亮的眼睛一眯，笑了。

守　山

　　他结婚那天，亲戚、同学、同事都来了，现场很热闹。但是婚礼到达顶峰时，现场却安静了下来。

　　为啥？本该新娘子泪流不止的时刻，他竟站在众人面前哭泣得有些哽咽！他的反应把众人吓着了。

　　第二年，他的妻子有了身孕，并在当年有了儿子。办满月是少不了的，亲戚、朋友都来祝贺。推杯换盏热闹非凡，可正在人们纷纷举杯向他祝贺之时，他又把众人吓着了！

　　为啥？在众人酒正酣人欲仙之时，他又痛哭失声了。

　　哭得不要说众人发蒙，就是与他生活在一起的妻子也不知所措。

又过了一年，他的儿子刚刚一岁喊"爸爸"了，抱着儿子的他不但不欢喜，却又泪流满面了，吓得儿子直爹着小手叫"妈妈"。

没过多久，他的举动不仅吓着了家人，也把单位的同事领导也吓着了。

为啥？当兵提干、转业升官、结婚生子，春风得意的他，辞职了，而且是拔腿不见了，等妻子不见他回家，一查看，他啥也没带，只拎走了从部队带回来的绿色提包。

半年后，妻子收到他的来信，说不用惦记他，他现在很好。妻子寻着信件的地址，可以说是千里迢迢，从北京来到了天山脚下，经过几天几夜的颠簸，终于见到了瘦骨嶙峋、住在山洞里的他！

妻子抱着他大哭，可他却神态宁静、步伐沉稳地拉着妻子来到了一个地方，指着蓝天之下的一块块在阳光下闪烁着光辉的墓碑，激动地说：我离不开他们，我守着他们，我心里踏实。

原来这里是新疆天山脚下独库公路的烈士陵园，这里有一百六十八位为打通天山之路牺牲的解放军战士。

他们是他的战友。他的今天是班长用生命换来的。

当年他参军入伍十九岁，随部队来到天山，为打通这条阻隔新疆南北通道，他和战友们顶着严寒冰雪奋战在深山里。那次大雪封山，又赶上雪山滑坡，不仅把原本险峻的山路阻断了，就是连接外面信息的电话线也被摧毁了。他所在的连队派出几名战士跋涉山外寻求支援。但山高路险，行走十几天也未走出大山。

　　为了完成任务，班长决定集中手里的干粮：唯一的一个冻得像石头一样的馒头给了年纪最小的他，让他继续往山外前进，一定要完成任务。他不负班长的嘱托，完成了与山外指挥部联系的任务，让大山深处的连队得到了给养，但他的班长和两位战友却因饥饿寒冷永远留在了天山……

　　陈俊生，一位天山脚下的守墓人，从一九八七年开始到今天，已经和妻子守护战友三十二年。

一匹马

"敌机来了！敌机来了！"张老爷子猛地从床上爬起来，下了床就要冲向屋门。

身旁睡着的小刘没顾得揉眼穿鞋，就趔趄着扑到了门前，"老爷子，这大半夜您折腾啥呀！"

"您换人吧。"已经三天没睡好觉的小刘，天一亮就给张老爷的儿子打了电话。

"快跑！快跑！快跑！"张老爷子大睁着眼睛身子一翻就下了床，离开床就奔向了屋门。

正熟睡着的小王被大吼着的声音吓醒了不说，还被老爷子的神情吓坏了！以为发生了地震，啥也不顾地扑出了屋子。冷风一吹，他才清醒过来：这老爷子傻了，得了老年痴呆。

"不要打它！不要打它！"正拖地的小王一不留神就被老爷子抢走了拖把不说，还差点被老爷子推倒了。

"叔叔，您换人吧。"侍候过好几位老人的小王还是忍不住给张老爷子的儿子打了电话。

"全死了！全死了！"守在父亲身边的儿子就是大白天，也被父亲的神情吓得不轻。

"它跑过来了！它跑过来了！"父亲眼里升出了亮亮的光。

"它趴下了，就在我的身旁趴下了。呼着热气，瞪着大眼睛，张着嘴扯着我带血的衣服。对着我说，快上来，快上来。我咬着牙忍着疼，一点一点爬了上去。它慢慢站起来，没有跑，一步一步地走，走上几步就回着头看着我，好像对我说，兄弟你可坐稳了，别掉下去呀……"满头白发的父亲柔声敛气就像讲一个童话故事，一扫往日威严。

讲着讲着父亲哭了，堆满褶皱的眼里全是泪水……

"它得救了我，它却死了、死了……它受了伤，肚子上有一个洞，红红的血流了一路……"

今年九十一岁的父亲是一位老兵，是一位参加过抗日战争的骑兵，一匹白马救过他的命。

堡垒户

想当年，我任村干部时，就想把家里的房子翻新，一是有点儿权，二是有点儿钱，房子太老，还是我儿时的老样子。

"别折腾！房子还好好的。"老妈一句话就把我的计划打破了。

又过了几年，我升职到了镇里，上级、部下常来家里坐坐。家里的老房子让我很没面子。于是，我再次计划着把老房子翻盖成一砖到底的大瓦房。我在心里开始酝酿着，计划着房子的样子以及盖房子的砖、瓦、水泥、木料等。可还没等图纸完善、盖房子的材料运进家，刚一和母亲说，母亲就脸一耷拉话就横着出来了："你有权啦，不用就亏了是吧？好好的房，别瞎折腾！"

老妈又是这句话，让我的完美计划落了空。我心里有些气恼，可有没办法。老爸死得早，老妈拉扯我长大不容易。

就这样一年又一年，我从村干部到镇干部，最后三十多年过去了，我在县政府退休，我家的老房子一直都是老模样，最后竟成了村里的"元老"级的古董。

又过去许多年，村里来了一位戴着眼镜的白发老人，看穿着打扮像位有学问的人。他在村里转悠，转悠来转悠去，最后竟在我家这老的几乎要散架的房子转起来没完没了。他掏出相机不住地前后左右地拍。最后看见他还从包里掏出本子一眼一眼地瞄，一笔一笔地画。

村里人猜他是位画家。想着他看完画好也就走了，不承想这位老人还拿出一本发黄的书，对着我家的"元老"上看下看，左看右看，好像发现宝贝似的兴奋。

我忍不住上前询问，他说，我家的房子是清朝末期的老房子，少说也得一百年以上，很有价值。就是拿城里的三五套楼房比，都没有它的价值高。

我一听当时就来了精神，心说："嘿！我妈真有远见！"

不等老先生走远，我就兴奋地走进院子，腿刚迈进门槛就冲着里屋炕上端坐着看电视的老妈说："妈，您这不简单呢！"

老妈一愣，以为我遇到了什么高兴事儿，可一听说房子的事，不但没有像我想的那样高兴，反而睡不着觉了，整天忧心忡忡的，时不时地嘟囔出一句"这房子不能动"。

2017年村里传出北京新机场要在大兴地区建设，有二十几个村子都要拆迁上楼。搬新家可是我早就期盼的，要不是老妈总是"不能动不能动"地拦着，老房子早就是雕梁画栋的起脊大瓦房了。这下好了，集体搬迁，全村人借着新机场建设一起大踏步提高生活水平，都住上楼房，都实现了早就梦想着的"冬天不用点炉子取暖，夏天也不用抱柴火点灶做饭"的好日子了。

村里人议论着、兴奋着，不久拆迁腾退的工作组就进村了。只短短的二十几天，村里的街坊邻居就搬走了。

我家却没动。为此，曾为国家干部的我感到很惭愧：房子老妈不让动。

一日，我正和村里的干部琢磨着怎样动员老妈呢，我突然接到了老婆子的电话："你快回家吧！咱妈好像有点不对劲……"

我一听，心里不由得一动，内心没有来由地生出了一些不安。不等撂下电话就紧忙着往家赶。

我呼哧带喘跑进家门，来到里屋还没等我喘口气，九十岁的老妈劈头就是一句"你——不是我的儿子！"声音不大还有一些颤抖，但却似一声响雷，把我炸蒙了！

"妈……妈您糊涂了吧……"我一脸茫然地望着满脸通红的老妈。

"七十五年前……我在家门口……一个人跑到我跟前……塞给我一个花包裹……还没等我看……他就钻进了庄稼地……一群鬼子举着枪追……"

"当时我很害怕，可又不知怎么办……"

"后来包裹里传来了小孩儿的哭声……我吓坏了。"

"孩子！包裹一打开，我吓了……—跳……"老妈吃力地喘着气。

"我要等……等他……领……领孩子……"老妈满眼泪水泣不成声。

"这房子不能动、不能动呀……我要等着……等着……他来接你！"老妈泪流满面，双手紧紧地搂着我，仿佛我仍是七十五年前的那三个月的婴儿。

半年后，市文史办的两位抗战课题组的工作人员来到我家。他们说，抗战期间一位地下交通员被鬼子追杀，牺牲前把年仅三个月大的孩子送给了老乡。

寻找英雄"王成"

"向我开炮！"这是电影《英雄儿女》里的一句台词，是英雄王成一句经典的壮容。

那"向我开炮"的声音，那个肩背报话机、握着爆破筒的形象，都过去几十年了，但依然像当年我们孩童时代在电影里看到的那样，震撼人心！

这些日子我突然有了一个想法，寻找"王成"的原型。帖子网上一贴，就有了回应。

"我爸就是王成！"有一人回帖说，他父亲就是抗美援朝的老兵。

我立即前往山东济南去找"王成"。为了验证"王成"，我特意下载了电影《英雄儿女》。

一到济南我就见到了志愿军的儿子。他把我带进家，只见家里有一位白发老人。几句寒暄之后，我开始播放电影。

刚才还默默地坐在沙发上的老人，一看见"王成"就突然浑身哆嗦起来，"向我开炮！向我开炮！"王成还没喊呢，老人竟拼了命似的撑大了嘴巴。

那年他和战友们守着阵地，连长死了、排长死了，几十人的队伍，打得最后只剩下十个人，而且全受伤了……敌人端着枪、开着坦克把我们包围了。

"绝不投降！""与敌人同归于尽！"这就是他们！

"向我开炮！向我开炮！"这是他对着报话机声嘶力竭地呼喊的！

"王成就是他！"我有些激动。

可还没到家呢，又有人跟帖，"我知道谁是王成！"自称抗美援朝的战地记者的人多次回帖了。

我驱车前往战地记者所在的山西省临汾市。刚下车，一位九十多岁的老人，一见面就泪眼婆娑地讲述了他在抗美援朝的战场上，采访一位志愿军战士的经过。

那次战斗，所有的人都死了，阵地上只剩下他一个……子弹打完了，手榴弹扔没了，他抱着石头砸敌人，最后是拉开爆破筒，高喊着"祖国万岁！祖国万岁！"冲向了敌人……

"向我开炮！"就是他在阵地上喊出来的！

"王成就是他！"我激动万分！

可就在这时手机响了。"我知道王成是谁！"还没等我问是哪位，电话那头就好像等了许久似的大声开始了。

"我是王成的战友！"那口气不容置疑。

我放下电话立马前去东北的沈阳。还没等我把车子停稳，一位白发苍苍的老人家，就在家人的搀扶下迎了过来。

那次战斗他和战友在一个小分队，他们打阻击，任务完成了，战友留在阵地，让他先撤。而战友回到团部，他却被敌人包围了。他在团部一直抱着话筒与战友联系。

他在话筒里一直大声地、不间断地指挥着我们的大炮"打！打！""一号目标！二号目标！"突然声音没了。

大家急坏了大声地呼叫！"你在哪？你在哪里？请回答！请回答！"

足有五分钟，话筒里才传来声音。战士被炸伤了一只眼睛。"开炮！开炮！"声嘶力竭！"我被敌人包围了！我被敌人包围了！"

"绝不能投降！绝不能投降！"……

"向我开炮！向我开炮！"……

"祖国万岁！祖国万岁！"

最后话筒里……传来的是隆隆的爆炸声……

战斗结束了，大家跑到阵地上，看到的是敌人的尸体，还有死去的战友们……还有被炸烂的他……爆破筒的拉环还挂在他的手指上……

王成是谁？我好像找到了，又好像没有。

王成是谁，是他们三个中的哪一个，对我来说，已经不重要了，因为我早已有了答案，因为从我见到山东第一个"王成"开始，内心就一直很激动，而且一直到见到东北的第三个"王成"，也没抚平内心的激动。

救老赵

新中国成立前夕，老张头经人介绍，到北平牛街南口路西的一户店铺——"馅饼周"当伙计。白天赶着毛驴车给柜上送货，夜晚回到饭店的库房，伴着满院子装有酱油、醋、大酱等调料的大缸，看门守夜。十几年来，收入虽微薄，但全家人的日子倒也安稳。

"馅饼周"是家老字号，中共地下党负责人老赵早已在此以伙计身份为掩护，暗中向店员们宣传共产党的主张，并把这里发展成我党地下工作者的落脚点和联络站，常常在此召集一些秘密会议。而每次组织秘密会议，首先就要有一位可以信赖可以依靠、肯于将身家性命舍出去的那个人！那个人是谁？作为北平地下党组织的负责人的老赵，心中早就有了人选，老张头，就是最好的。

老赵通过多次接触，发现作为店内车把式的老张头，为人正直善良，完全是可以信赖依靠的对象，于是就亮明了自己的身份，并将心中所托付之事和盘托出。穷苦人家出身的老张，对于国民党反动派的所作所为早就深有体会，而共产党地下党组织明里暗里的事情也听说过，看到过，所以朴实厚道的老张头当时就把"看门瞭望国民党特务的重要任务"应承了下来。

有一天夜里店铺突然被国民党军队包围。守在门房的老张头发现后，迅速发出一声咳嗽，把紧急情况像往日那样通知了正在里院组织会议的老赵。老赵果断决定让与会的同志们迅速从店铺的后门撤出。可他自己还没来得及撤退，大门就被国民党兵砸响了。

危机时刻，只见老张头大步冲到院子墙根下，伸手就把大酱缸的盖子掀了起来。老赵神领神会，一纵身就跳了进去。老张头一转身顺手一抄，一块青石板就落在了大酱缸上了。

之后，老张头才一步一步走向被砸得"隆隆"乱响的大门。他刚拉开门闩，还没说话，"哗！"的一声，一群全副武装的国民党兵举着枪一下就扑了进来！

一个国民党兵军官用枪凶狠地指着老张头，"快说！谁是老赵？开会的人在哪儿？"

老张头揉着眼睛，露出一副迷迷瞪瞪的样子："老赵？老赵是谁？不知道，不知道。没听说店里有姓赵的呀。"

国民党军官恨恨地瞪了老张头一眼。"搜！我就不信他这个共产党能从我的眼皮子底下跑了。"说着就指挥着国民兵散开，到四散院子各处寻找起来。

院子里的一溜大缸，当然不可能放过！砸！凶狠的国民党兵抡起枪托对着一个个大缸就是"咣当咣当"地一顿乱砸！眼看着一个个大缸被砸碎，酱油、醋、酱黄瓜、酱萝卜、酱菜疙瘩、酱汤子，弄得院子到处都是。

原本就有些紧张的老张头，看到此心里更是扑腾得厉害，一双手也不禁湿漉漉的。要知道，一旦老赵被从大缸里搜出来，不仅他自己性命不保，就是全家老少也可能受牵连，甚至一家人的命都可能被歹毒的国民党残害。

老张头使劲稳住心神，装得很着急的样子，"老总呀，别砸了！别砸了！老板会让我赔的。"说着还露出可怜怜巴巴的样子。就在眼看砸到老赵藏身的大缸时，老张头突然大哭着冲过去扯住了一个国民党兵的衣服："老总别砸了！别砸了。"

那位国民党军官看着一地狼藉的院子，觉得再砸下去也是白费功夫，就一声"撤"到街上继续搜剿了。

北平地下党组织的负责人老赵就这样，在老张头舍命掩护下，在全副武装的国民党兵的眼皮底下，又一次毫发无损地脱险了。

原来我有这样的娘

"起来！"大早清的我还没起床窗户外就响起娘的喊声。

"在这儿垒道墙！"娘是九十多岁的人了，说啥我这个当儿子的都得听。

"啥？娘您说垒墙？"我指着四四方方的大院落的正中，有些蒙。

"垒墙！"瘦弱但不软弱的娘坚定地说。我是家中长子，不敢说村里最孝，可也不是不孝。好好的大院子几十年了，今天娘要垒墙。

"娘……"我一开口就湿了眼睛。

"你出去！"墙垒上了，我端着煮好的饺子推开娘的门。一只脚还没迈进去，就被娘吼住了。

"你是谁呀！以后不许再来！"娘瞪着眼睛，挥舞着柔弱而结实的胳膊。"娘——"我心里刀扎一样，泪水一下溢满了眼眶。

九十多岁的娘，与我隔墙而居，连吃饭都自己做，自己吃。

夜里九点，我蹑手蹑脚站在墙边，使劲眺望着娘的屋子。屋，黑着，我想娘是睡了。

凌晨三点，我再次醒来。娘身体再好，毕竟是老了呀。我推开门，还没出屋门，就见一黑影在房顶一晃，不见了。我吓了一跳，赶紧趴在那道墙上把头伸过去查看情况，啥也没见，也许我眼花了。

娘不让我去，也不上我这院来，我们亲母子如路人一般。

我硬着头皮告知兄弟姐妹，谁知他们一来，饭桌上吃着吃着饭，娘就"撵"他们赶快走！说着就自己从炕里头站起身，下地，扭着一双小脚儿回"家"了。

娘性子耿直，爹死得早，我们六个都是娘一手养大的。弟妹们劝慰我，娘也许过些日子就好了。

过了几天，又是夜里，不放心娘的我，想着看看娘。出门一抬头，又看见房顶上有个黑影一晃，不见了。

我蒙住了：娘？！

是娘！瘦弱而不软弱的身子，以及脑后绾成的马尾辫，让我确定不是眼睛花了。九十多岁的娘，曾经在我不注意的时候是登着梯子过上房的。

可娘，夜里上房？

我没敢动，怕吓着娘。等了许久，娘也没动。我退回了屋。娘也回了屋。

一早，我推开娘的门，娘没吼我。我迈进屋，娘躺在炕上，怀里却多出一根类似红缨枪的棍子，两只手还紧紧地握着……

"娘。娘。"娘没动，眼皮也没动。

"娘！娘！"我加大了声音。

娘没死，却昏睡着。一个月后，娘还是走了。

娘走后不久，县史志办的工作人员来了。他们说，从县抗战史的资料里得知，我家曾经在抗日战争期间是掩护武工队的堡垒户，娘在十三岁就参加了抗日儿童团，经常夜里站岗放哨。

娘老了，把自己的儿女都忘了，却没忘记自己是为八路军站岗放哨的儿童团员。

医　者

　　大年三十，国强和李梅正包饺子，李梅接了个电话，低声对国强说了一声什么，扭身穿上大衣背起门廊里的大包，就出了家门。

　　坐在客厅里看电视的张大妈一愣。

　　谁知李梅这一走，大年初一没回来，正月十五，也没露面。张大妈有些担忧，问儿子怎么回事。国强说，李梅在医院值班呢。

　　张大妈心一惊，现在病毒闹得这么凶，医院太危险了。

　　国强笑着安慰老娘，说您放心吧。您儿媳会保护自己。

　　又过了几天，儿子拿着手机对着张大妈，一露面，就有个人对着她喊"娘"。听声音耳熟，可模样竟有些眼生。说女的吧，却是光头，说男的吧，可声音却那么清脆。张大妈有些发蒙。

国强笑着说：老太太不认识了吧？那是您儿媳妇。

原来大年三十那天，李梅接到医院的通知驰援武汉去了。为了怕张大妈担心，没说，就悄悄出门了。

李梅从武汉轮换回来，隔离十五天后回到家。张大妈看着儿媳平安回来又是心疼又是埋怨，全医院那么多人，怎么会是你去呢？

近五十岁的李梅搂着婆婆，撒娇似的说：娘，我是医生呀。

春暖花开的日子近了，张大妈又开始盼着儿子儿媳带她看花赏景了。可窗外的杏花、油菜花都开艳了，也没看见儿子儿媳有意向。

过了几天，张大妈终于看见儿子儿媳有了行动，可那行动似乎大了些，梳洗用具各色衣服都打点着装进了一个大行李箱里。儿子国强还和儿媳背着她嘀嘀咕咕说着什么。

张大妈很不满，心说，儿子两口子是不是要甩开她老太婆出国旅游呀。

张大妈留心了，果不出所料，"机票、出发"都听进了耳朵。她实在忍不住了，终于在晚饭的饭桌上说话了，"你们要出国？"

儿子国强一愣，儿媳李梅一惊。

"你们出国玩，我老婆子不反对，可你们得看看是什么时候！病毒正到处传染，躲都躲不及呢……"说着双眼盈满了泪。

李梅看瞒不住了，就来到婆婆跟前，伏下身，拿着纸巾擦去婆婆眼角的泪。

"娘，我去意大利。"李梅轻声说。张大妈打了一个激灵，"意大利……"

"孩子，不……不……不能去呀！"张大妈吓坏了，使劲摇着头。

"娘，我是医生，中国的医生。要帮助那里得病的人，因为我要做一个白求恩。"李梅的话音虽轻却饱含着力量。

"白求恩？"张婶似乎想起了什么，用力攥住了李梅的双手，深吸了一口气，说："孩子，去吧，娘，支持你！"

"一个外国人不远千里来到中国……"那家喻户晓的白求恩大夫的故事让亲历抗日战争的张大妈记了一辈子。

家　风

我守在校门口，双眼紧紧盯着那条路，那条路树影婆娑弯弯曲曲，它是从学校通向家的路，也是从家走向学校的路，从家到学校、从学校到家，它都是唯一。

同学们的家长一个个走进了教室，并且在小组长的引导下各自坐到位子上。

我焦急地望着路的尽头，再有五分钟家长会就要开始了！"爸，你咋还不露面呀！"

爸，曾是个军人，高高的个子，宽宽的肩膀，一双大脚，走起来带着风"呼呼"的。

可爸没来。直到家长会开完，家长、老师一个个走出教室，消失在学校门的那条路的尽头。

一个星期以后，住校回家的我心里的气仍没消，原本想回到家撒气的我，一进门却被眼前的景象吓蒙了：爸直直地躺在炕上，脑袋上还打着白绷带。

妈说，就在爸要去开家长会的前一天夜里，村东你张大妈家着火了，你爸救火时让房梁砸伤了。

爸从此再没有站起来。

高考那年，学校要召开家长会议。妈说，保证误不了。

那天午饭后一点多，我守在学校门口，双眼紧紧盯着那条路——树影婆娑弯弯曲曲，那条唯一连接学校和家的路。

我等了又等，望了又望，就是不见妈妈的影子："妈，您咋还露面呀？！"

妈，性格开朗干活麻利，自从爸受伤后家里家外都是自己打理。

可直等到家长会开完，家长、老师一个个走出教室消失在学校外的那路的尽头，也没看见我妈的影子。

正当我气得眼里发红鼻子发酸，赌气地要扭身迈进学校大门时，一个一瘸一拐的身影从路的尽头出现了！

妈妈——头发乱，脸上脏，上衣、裤子全都湿漉漉的妈妈。"家长会……开完了吧？"妈妈的样子极为不安。

原来，妈妈就在快到学校的路上，路过一条小河时，突然听到一个孩子声嘶力竭的哭声。循声望去，妈妈心里一惊：竟看到河边一个小男孩正伸着胳膊拽河里另一个花衣服小闺女儿。

河上的孩子一边使劲哭，一边使劲拽，而男孩子的一双脚正往水里滑！

妈妈救了俩孩子。

我上军校那年，云南边陲有了战事，为了保卫祖国，我上了前线。父亲、母亲都不知道，等他们知道时，我的眼睛已经被炮弹炸伤而且失明了。

等我回到家，父亲、母亲得知我是为了掩护战友负伤而且荣立一等军功时，妈妈含着泪只说了一句话：好儿子……

坐在轮椅上的爸爸使劲攥了攥我的手大声地说：好样的！

英雄归来

"听说了不，咱村的大柱子成英雄了！"

"听说了！都上报纸了！"

村里的张国柱在抗美援朝战争的上甘岭战役中，一人活捉了两名美国大兵！成了英雄！不仅在我们村成了头号新闻，就是十里八村，甚至县里、省里也几乎是家喻户晓。

张国柱，英雄，二十一岁，这消息更像是有翅膀有眼睛的蜜蜂钻到了一个个如花似玉的姑娘们心里。

"听说了不，咱村的英雄，就是大柱哥就要探家来了……"

"知道知道了！再过七天就回来！"

大英雄张国柱要回家乡，不要说村里，就是十里八村的乡亲，甚至县里、省里的领导都特别关注。

大英雄张国柱终于在省里、县里、乡里领导们的簇拥下，在被期待已久的乡亲们的锣鼓喧天的迎接下，回到了阔别三年半的家乡。

省里的领导离开了，县里、乡里的领导也离开了，乡亲们也一个个回家了。

可篱笆后面、枣树底下有几个人留了下来，她们是村子里的大妞、二丫、小翠、玉兰以及邻村的几个姑娘。

"看，他那只胳膊——"

"哦，看见了。"

"怎么不会动……？"

"听说是机关枪打的！"

"唉……那将来怎么下地干活？"

"是呀，怎么养家过日子呢……"

第二天，大英雄张国柱家的门口，人头减少，不再拥挤了。

又过去了两天，大英雄张国柱的眼前，就能看清一位位来家的乡亲们了。到了大约第十天，大英雄张国柱家门口出现了一个娇小的身影。

"大柱哥……"

"玉兰妹妹。快进院里来。"

大英雄张国柱再次离开家乡，十五岁的玉兰也跟着走了。

"这丫头，真傻！"

"谁说不是呀！嫁个残废。"

"将来的日子看怎么过。"

过了许多年，大约几十年后，当人们几乎已经把大英雄张国柱忘了的时候，村里突然又传来了"大英雄张国柱"要回家的消息。

没过多少日子，在街头人们就看见了一位老人，坐着轮椅满头白发却精神矍铄，那便是张国柱，还有与他相牵着手的玉兰。当年本娇小的玉兰，此时也是满头白发，更显娇小了，但那双眼睛，却闪出当年没有的、掩饰不住的光彩。

"大柱哥，这就是在北京当国家干部的儿子？"挂着拐棍的张奶奶羡慕地看着轮椅后面高大的中年人。

"玉兰呀，听说你大闺女儿当了大学教授？"王大娘兴奋地看着搀扶着玉兰的女人。

"快看！那位爷爷就是大英雄！当年俘虏了两个美国大兵！"一群孩子一路追赶着，一路叫喊着，瞪着一双双大眼睛看着已经九十多岁的张国柱。

战　狼

　　春燕是个漂亮女人。连衣裙、高跟鞋、披肩发，而且身高一米六五，丹凤眼、薄嘴唇。就算挺着大肚子，依然漂亮。

　　"瞅，还没结婚呢……"春燕一出门，胖婶子和张三媳妇就指点开了，"丢人！"

　　春燕走在街上，扭着腰摇着裙，高跟鞋"嘎噔嘎噔"的，仿佛那话是在说别人。

　　十月怀胎，儿子出生。满月酒，没办。"孩子，没爹……"私生子……就算满月酒没办，闲言碎语也没少。

　　春燕抱着儿子上街，摆动着连衣裙，高跟鞋依然是一路的"嘎噔嘎噔"地响。

三年后，春燕领着儿子上幼儿园，又引来人们的关注。

"就是这女人被人甩了……""这孩子……真是可怜……"人们连孩子也不放过。

在人们的注目下，一袭宝石蓝长裙的春燕，却越发轻盈飘逸，枣红色的高跟鞋也越发"嘎噔嘎噔"地清脆。"妈妈，我有爸爸对吧？爸爸是会回来的。"儿子昂着小脸儿说。

春燕要结婚。街坊们几乎家家接到请帖。婚礼是在一家大酒店，酒水菜品很上档次。可人们的心都不在这上，而是急切地想知道那个挽起春燕、带着五岁"私生子"的男人，到底是什么样。

来了！披着婚纱的春燕一手牵着儿子，一手挽着高大魁梧的新郎，满脸灿烂地走进了大厅。

"他是我的爱人！战狼特种部队中的一员。"春燕自豪说，"六年前，正当我俩到民政局领取结婚证时，他突然接到上级的命令，要去执行一项特殊任务'猎狐'。这一走，就是六年。"

我爸是位大英雄

"我爸是警察，是个大英雄！"三岁的强强，一到幼儿园就对班里的小朋友说。

"大英雄？"小朋友们睁大了眼，因为他们知道动画片里的大英雄可厉害了。大英雄谁不想见见呢。

可是，到晚上离开幼儿园的时候，强强总是被妈妈接走，谁也没有看见过强强"大英雄"的爸爸。

"我爸是个警察，他是个大英雄！"四岁的强强依然对着班里的小朋友说。

"大英雄？"这次有许多小朋友摇了头，"我们不信！"

"我们家有许多爸爸的奖章！"强强涨红了脸。"好！那就让我们看看你爸爸。"小朋友齐声说。

可是，小朋友一天天等呀盼呀，强强依然是每天被妈妈接走。

转眼，强强升到了幼儿园大班。"我爸是警察，他是大英雄！"强强很骄傲。

"你骗人！"这次班里的小朋友不但摇头，而且都大声地反驳他了。

"我没有骗人！我爸就是大英雄！"强强急出了眼泪。

"那就让我们看看！"班里的小朋友一起大声喊。

第二天下午，离园的铃声响了。可小朋友们就是不肯随着爷爷奶奶爸爸妈妈回家，都守在幼儿园大门口等着看强强爸爸——传说中的"大英雄"。

他们等呀等，可等来的依然是强强的妈妈。

"大骗子！大骗子！你就是个大骗子！"小朋友们很生气，都撇着嘴，瞪着眼大声地指责他。

"我爸就是大英雄！我爸就是大英雄！"强强大声哭着说。

晚上强强拨通了爸爸的电话，含着眼泪问爸爸，能不能到幼儿园接他。那头的爸爸答应说，明天按时下班回家，一定去幼儿园接强强。

"今天我爸来接我回家！"一到幼儿园强强就把这个好消息大声地告诉了班里的每一个小朋友。

"你爸很高吗？""你爸很有力量吧？""你爸是不是像黑猫警长那样，很神气？"一整天班里的小朋友都围着强强问这问那，都很兴奋地想着盼着强强挂在嘴上的大英雄。离园的时间还差很久，他们就趴在玻璃窗前使劲往外看。

可他们又失望了。不但没看见强强的爸爸，就是妈妈也没看见。

第二天，听老师说昨天她看见强强的爸爸了！说强强的爸爸果然是个大英雄！因为她在电视新闻上，看见一位警察为了抢救车祸中的孩子牺牲了。

那位警察就是强强的爸爸。

下辈子再不嫁给你

　　婚礼进行曲一响，雪梅心里就开始涌起抑制不住的激动，眼睛也湿蒙蒙的了。

　　可雪梅含着喜悦的泪水并没有等来举着花束奔跑着向她而来、单膝跪地说"嫁给我吧"的卫国，而是迈着稳健步伐走过来的父亲，"他接到了紧急命令，出发了。"

　　雪梅和卫国，从小一起长大的，而后一起走进公安大学。嫁给卫国可算是雪梅一生的夙愿。

　　一年后，十月怀胎的雪梅住进了妇产医院。她已经两天没睡好觉了。此时疼痛又袭来了，而且一阵比一阵钻心。

　　孩子就要出生了。剧烈的疼痛让雪梅几乎昏厥，她伸出来使劲抓，好像能抓住什么似的。想抓住什么呢？当然是丈夫卫国的手，那双苍劲有力的大手，只有抓住那双大手，她的疼痛才能减轻。

可是雪梅抓住的是母亲的手，卫国离开家执行任务去了，雪梅又是十五天没见到卫国了。"真不该嫁给他！"雪梅眼里噙满了泪水。

一个冬日的夜晚，刮着风下着雪，雪梅拥着三岁的儿子睡觉，突然感觉儿子身上有些发烫，体温表一试竟高达39℃！雪梅抓起电话，伸出来手指刚要按键，又撂下了。卫国执行任务，昨天刚走。

"妈妈，我想爸爸……"雪梅紧紧搂着儿子不敢开口。

而此时，远在大洋彼岸执行任务的卫国，离开妻子儿子已经第三十二天了！不完成任务不回来！这是每个人民卫士的诺言！

三十天，见不到卫国，这已经是雪梅的最大承受力了。三十二天，卫国没回来。三十四天、四十天仍没见卫国的影子。雪梅控制不住了，拔腿就要冲进局长办公室了！

这次卫国是出国办案，艰难、危险，超过任何一次！

在哪个国家？在哪个位置？谁和他协同作战？吃得怎么样？遇到什么危险没有？……雪梅不敢想，可又没办法不想。

"真后悔嫁给了他！"雪梅使劲拍打着自己的头！雪梅等着、盼着，想得到消息，又怕听到消息。

"没消息……也许是最好的消息……"雪梅反复劝说着

自己！

　　一天深夜，门响了，雪梅来不及穿上拖鞋就奔了过去。这个动作她已经在梦里多少次出现了。

　　"卫国！"雪梅一把就把形销骨立的丈夫揽在了怀里大哭着，"下辈子再不嫁给你了……"

　　七十六天，卫国和战友们用七十六天，完成了抓捕任务，回到了家。

班　花

　　高考那年，李梅的分数并不理想，只能上护校。当护士不是她的理想。可就是这样还让许多同学羡慕不已。因为全班同学只有几个能继续上学的，而她是其中一个。

　　时间过得很快，眨眼就过去了二十多年。有一天李梅接到一个电话，是高中同学的，同学说，要搞一次同学聚会，力邀她，因为她可是"班花"呢。

　　李梅偷着笑了，"班花"是什么时候的事呀。她这个理想可从没有过。同学聚会她当然参加，毕竟毕业这么多年了。

　　那天是腊月二十三的小年。李梅稍微收拾了一下自己，就这样她一出现，还是在同学们面前引起了不小的羡慕呢。也许是李梅在医院上夜班的习惯，让原本就白净的脸到了这四十几岁的年龄，仍是白皙明亮的。

一落座，同学们就拉开了话匣子，老公、媳妇、房子、孩子、汽车……话题虽多而热闹，可基本跟钱有关系。

李梅一直听着，看着，只是赔着笑，根本插不进话，其实她也想说话。但她说什么呢？同学做老板的做老板，住别墅的住别墅，当官的当官，出国定居的定居，就算低点水平的也有一两套房子呢。

而她李梅，在医院当护士一直当到现在，结婚成家，也是到了结婚年龄，在护士长的帮助下，嫁给了单位的医生，而这位医生老家还是甘肃的。老家穷得厉害。

可喜的是那医生"人品"好！这话同事这么说，经他手医好的病人也这么说。

至于其他的，就真没什么可夸的了。房子是面积只有七十多平米的"两限房"，月工资两个人加起来也就七八千元，老家的公婆要赡养，自己的老爸要陪伴，家里儿子上学、结婚……李梅想起来都头疼。

"李梅，这些年你怎么样？"

"对！说说。咱们的'班花'是不是小日子过得很滋润呢？"

李梅正想着心事呢，没想到同学们突然把话题转向了她。

李梅一下子就脸红了。这脸一红就更显得李梅好看了。

"说啥呀？真……真没什么可说的。"平时就不大说话的李梅一着急嘴皮子更不利落了。

在同学们不依不饶的状况下，李梅只好如实地交代了。

"啧啧，可惜了，可惜了。"同学都为李梅不平。

"当初还不嫁给我呢！"那位身价过亿的男生老板暧昧地拍着李梅的肩膀。

不知谁的手机响了，正围着李梅的几个同学回身找手机，这让李梅松了一口气。

"不是我的。"

"也不是我的。"

"李梅，是你的。"一个女同学捅了一下发蒙的李梅。

嘿，晕乎的李梅竟没听出是自己的手机在响。

"我们回医院。"丈夫医生的声音，简短而有力。李梅心里"咯噔"一下，一直揣在心里的那件事，终于有了明确的答案。收起电话，李梅站起身扯起衣服，说声抱歉就出门了。

"谁的电话？"

"咱'班花'爱人的呗——"

那位同学的话音未落，李梅身后的笑声就响了起来。

"武汉发生病毒疫情，"医院早就为此召开过紧急会议，李梅的丈夫医生回家就和李梅说，"医院一定会派出支援。"

当时李梅心里就"突突"的，连着几天都睡不好觉。

"人传人……人传人……"她满脑子都是。

"家里的老人都七八十岁了，儿子今年大学毕业……"

"要不要去？要不要去？"

"回不来怎么办？回不来怎么办！"

"可他是医生，是呼吸科的主治医生。我是护士长，从事传染病护理十几年……"

丈夫开的车就在饭店门口，李梅拉开车门就上了车。屁股刚落座，丈夫医生就一踩油门奔向了医院。

次日凌晨，李梅和丈夫就随市医疗队乘飞机驰援武汉去了。

老妈因你而骄傲

"听说你家琴子交朋友了。"街坊张婶小声地对小琴妈说。"听说是外地的。"还没等小琴妈说话，张婶就嘴角一撇说了这一句。

小琴妈有些恼，不是恼张婶，而是恼自己的女儿小琴。

"听说，那个男的家很远，而且家里很穷。"张婶也不看小琴妈继续说，"家里哥们弟兄有好几个。"

小琴妈脸色越发难看。"我家里还有事。"也不管正说话的张婶乐意不乐意就拔脚走了。

小琴是家里的老闺女，模样好，身形好，虽然没上大学，但高中毕业，在村里也算是文化人了。

"你自己搞对象了？"一进门小琴妈就直截了当。正做饭的小琴心里一惊，搞对象的事，她只跟同学张燕说过。

"找了一个外地的？"小琴妈想起刚才张婶撇着的嘴角，就一肚子气。"哪儿的家？！家里几口人？！"小琴妈话里带着冰碴子。

小琴低着头。一向乖乖女的小琴只能低头不语。

看着小琴低头不语，一直想着给老闺女选个好人家的小琴妈又生气又心疼。

时间一天天过去，小琴家的日子好像没啥改变。

半年之后，小琴妈怎么也不会想到，小琴竟领着一个人进了院子，来到了家里。

来人中等个，脸黑且瘦，但一身军装，这让小琴妈眼前一亮。

等穿军装的小伙子从随身斜挎的军挎包里掏出一个红丝绒小盒，打开亮出一枚闪闪发光的军功章时，小琴妈刚才还阴沉的脸，一下子云开雾散了。

"好！老闺女有眼光！"小琴妈话没说出来，但眼里的欢喜，早就从投给女儿的眼神里掩饰不住了。

"我的老闺女，找了一个军人，而且是立过军功的军人。"

在老闺女的婚礼上，小琴妈比小琴还骄傲。

家里出了贼

　　天黑了，一辆黑色帕萨特停在了老张家门口。一个中年男人很有派头地下了车，迈步就进了大门。

　　正在客厅里与儿子国强喝着茶的张老爹，与来人打了声招呼就进里屋去了。

　　也就十几分钟的工夫，来人就走了。儿子国强起身相送，回来时却发现刚才刘经理放到茶几上的那个信封不见了。他心说，明明是看见他放下了？

　　又是一天天黑时分，又一辆宝马停在了老张家门口。国强一家人刚吃过晚饭，老婆还没收拾停当。

　　客人一来，张老爹就起身回自己屋了。

大约二十几分钟吧，张老爹就听来人说，有什么事还要办，以后要请儿子喝酒什么的，就起身出门了。儿子国强送出大门，进屋往茶几上一看，刚才王老板撂下的银行卡，又不见了。

　　又过了些天，天刚擦黑儿，一辆奔驰带着一股风穿街而过，唰！霸气地停在了老张家的大门。

　　来人提着一个黑色密码箱，左右看了看，一抬脚就进了大门。客厅里的张老爹没等儿子国强把来人迎进客厅，就站起身回到自己的卧室里去了。

　　儿子长大了，当了领导，他这个土埋半截的人早在儿子眼里失去了作用。

　　"张局长这事就靠您了。只要您一抬手，兄弟就活了。"

　　里屋的张老爹把这话听得心惊肉跳。

　　客厅的门开了，儿子送那个人一出门，张老爹就一改往日一走三摇的衰弱，一伸手就把放在茶几上的密码箱抱在怀里。呦，还不轻呢！回到自己的卧室，一弯腰把密码箱放到床下，拿起拐棍就往里搋。

　　儿子国强送走邢总，进客厅一抬眼，猛地一惊：茶几上的黑色密码箱又不见了！

　　家里出现了"贼"？不可能呀！老婆不缺钱。银行工作的儿子更不会。老爹？有吃有喝，从不花钱的老爹，更不会呀！

　　这样的情况可不是就此结束，而且越来越防不胜防。终于有一天，张国强明白了。

　　那是一个阳光刚要普照的早晨，吃过早饭的村人，再次被老张家门口停放的汽车惊住了：两辆蓝白色、闪着警灯的警车！

犯"受贿渎职罪"的张国强因积极退赔受到减刑。

农民张老爹在儿子国强面前，用自己的能力再次证明了自己的作用。

我爸上电视了

　　"我爸爸上电视了！"小学生汪小强一踏进教室就大声地宣布，一改往日蔫头耷脑的老实模样。

　　"你爸上电视了？"正在嬉笑的几个同学止住笑声的同时也露出了几分疑惑。汪小强的爸爸是谁？谁不知道，不就是一个开"摩的"的吗？

　　"我爸真的上电视了！"汪小强又大声地强调。"你爸不就是开摩的的吗？"有个同学给了汪小强一个白眼。"他爸是个送外卖的。"另一个怪里怪气地接着。

　　汪小强的脸涨得通红。"我爸是快递员，他是一个英雄！"

　　"对！对！你爸是个快递员，是个大——大英雄。"那几个同学没等那个怪里怪气的声音落地就"哄"地大笑了起来。

汪小强眼里有了泪。他默默地走到自己的座位，头一低，泪就流了下来。

"丁零——"上课铃响了。班主任走进教室，她说，今天先和全校一起看昨天中央电视台的一档栏目。看电视，当然大受欢迎。

"全国抗击新冠肺炎疫情表彰大会"。北京的天很蓝，天安门广场很大，高高的五星红旗迎风飘扬。太美了，首都谁不向往呀。

长安街、摩托车队、武警战士、纪念碑、人民大会堂……同学们凝视着屏幕。"钟南山爷爷！"同学们一下就认了出来。他是抗疫大英雄！全国人民都知道。

"铁人院长！"那个拖着腿奔跑的医生，同学们也认了出来。

"看——那就是我爸爸！"同学们正聚精会神呢，汪小强却猛地从座位上站起来，哆嗦着手，指着那个正在人民大会堂前接受记者采访的那个人。

汪勇，快递员，抗疫期间他组织志愿者接送医护人员四千多次。

同学们一齐"哗"地鼓起了掌。

大学教授

第一次认识黄教授是参加文学社的一次活动。

一进门我就看见他，虽然他坐在并不起眼的脚落里，但是儒雅的气质，不能不吸引住人的眼光。初次参加这样的文学活动，我很拘谨，很少说话。

没想到，活动结束，我们的文学论坛里就出现了我的照片，一张笑得很开心又有些羞涩的样子。照片是黄教授抓拍的，我没恼，心里却有些窃喜。

没过多久，文学社组织采风，黄教授去了，我也参加了。黄教授头戴着红色贝雷帽，眼戴着茶色太阳镜，身穿红色的 T 恤衫，脚蹬白色运动鞋，儒雅中又带上一个"酷"字！

我们一行十几人顺着林中栈道前行，清风拂动，野花飘香。徐徐而行中有许多小鸟在头顶盘旋，而且欢欣雀跃地发出"啾啾"的鸣叫。我们很惊奇，纷纷举头观看。

而此时的黄教授却自顾自地继续往前走，而鸟儿们似乎对我们不以为然，竟也随着黄教授往前飞。

嘿，原来是黄教授微微翘着嘴唇发出悠扬的鸟鸣在与鸟儿嬉戏呢！

新年前夕，我们文学社在 KTV 组织联欢，社长说每个成员可以尽情发挥。女高音、男低音，一个接着一个，很热闹。

刚要冷场，一支《莫斯科郊外的晚上》的乐曲就恰到好处地飘了出来。

众人举目：黄教授缓缓起身，双手正握着一只金色的口琴，捂在嘴边深情地演奏呢。

又过了些日子，黄教授发出邀请说组织一次活动，说会让我们有不同的感受。

我们文学社的文友相约着，一个个来到约会的地点——国家美术馆。

眼看就要到约好的时间了，却还是不见黄教授出现。这可是从来没有的。

正在我们翘首以待之时，突然看见大厅的正门有一位穿着红色 T 恤衫的满头白发老人，推着一辆轮椅向我们稳步走来。

是黄教授？可轮椅上歪着头斜着身子的人是谁？

"对不起了！对不起了！"黄教授一边说着一边指着轮椅上

的那个人，大约四十几岁的男人说："这是我儿子。"

我们的心里都不由得"咯噔"一下。

"他出生时停电缺氧了。现在正画画。一会儿各位就看见了。"

黄教授脑瘫儿子的画作，能在国家美术馆展出，自然是很了不起！可后来我们又得知黄教授的夫人还是癌症病人，已经十二年了。

"我不倒，家就不会倒。"黄教授神态潇洒而坚毅。

大宝的心事

　　五岁的大宝总是盼着过年，为啥呀？这还用问吗？长了一岁，还能得到爷爷奶奶、姥姥姥爷、姑姑舅舅给的大红包呢。

　　从幼儿园放假开始，大宝就盼着过年，盼着年快点来，盼年都到了梦里，都在梦里举着大红包笑出了声。

　　年，终于让大宝盼来了！可大宝却有没有以前高兴。为啥？因为过年吃饺子时，家里就是爷爷奶奶和爸爸妈妈，叔叔婶婶姑姑都没有来，就甭说给大宝红包了。吃完饺子坐在沙发上看电视里的春节晚会，爸爸妈妈也不知为啥不说话了。

　　大年初二，大宝心里又高兴了起来，因为他要在今天和爸爸妈妈去到姥姥家拜年！他怎么知道？大宝当然知道了。他虽然是个小孩儿，可已经上幼儿园大班，今年就要上小学了！给姥姥姥爷拜年，在大年初二，他可是记得呢。

天还没亮大宝就睁开了眼，一睁开眼就下床穿鞋，他要悄悄地去推爸爸妈妈的门，吓他们一跳。可谁知大宝没吓着爸爸妈妈，却让爸爸妈妈吓着了。

客厅里妈妈已经穿好了羽绒服，爸爸也穿上了羽绒服，手里还拎着出门的箱子。大宝一看就急了，急得眼泪都出来了。说去姥姥家为啥不带着他。

妈妈蹲下给大宝擦眼泪，说她不是去姥姥家，上姥姥家怎么能不带着听话的大宝呢。妈妈去上班。下班回来就和爸爸一起带着大宝给姥姥姥爷拜新年去。

大宝不哭了，他说听妈妈的话，在家好好等妈妈回来。妈妈是医生，不要说早上上班，就是夜里也是有的。大宝听话，不缠着妈妈。

他不哭了，可妈妈的眼睛却有泪了。大宝赶紧伸出手给妈妈擦，说：妈妈不哭，大宝听话。

姥姥家今天是去不成。大宝有些不爽。那就玩游戏吧。

一天过去了，又一天过去了。大宝对手机里的游戏没了兴趣，后来对电视里的动画片也没了兴趣。大宝的心里就是盼着妈妈快回家。

大宝按下了妈妈的手机号码，妈妈不接。虽然大宝是个乖孩子，可也想妈妈呀，第二天又按了妈妈的电话。可妈妈又是没接。大宝有些生气。妈妈不想大宝吗？奶奶说，妈妈怎么能不想大宝呢。妈妈是给病人看病呢。

唉。大宝叹了口气。奶奶笑了，说这么大的孩子还知道叹气了。

一天过去了。又一天过去了。妈妈为啥还不回来呀！大宝太想妈妈了……

大宝！妈妈！奶奶大声嚷着，声音都有些发颤。

大宝终于看见了手机里的妈妈。妈妈对着他笑，他也对着妈妈笑。妈妈说，乖，好好等着妈妈回家。妈妈眼圈红了，大宝也流泪了。

大宝看见了妈妈，只能听妈妈的声音，看妈妈的笑脸，却摸不着妈妈。妈妈说，她在武汉给病人看病，要不了几天就可以回家了。

妈妈的话，大宝相信，妈妈从不骗人。

虽然妈妈说的几天有点长，但终于是在大宝特别特别想妈妈的时候，妈妈回家了。

大玉和小玉

大玉家锁门了。每天都坐在大门边的身影没有了。

小玉很纳闷。一打听才知道前几天一辆120（救护车）将大玉送到医院去了。

大玉姓张，长得五大三粗，嘴大嗓门高，腰粗屁股大，走路一扭一颠儿的。大玉念书时和小玉是同班同学。

大玉读书很吃力，经常要抄小玉的作业，从小学一年级上到初中二年级，总共也不认识百十个字，就是连封信也要找别人写。

二十岁刚出头就被亲戚说给了个脑瓜不太灵的人，做了媳妇儿。两年后她带着一岁的女儿"甩"了那个人回到了娘家。而后不久，自己又找了一个收破烂的"外地人"结了婚。今天住这儿明天搬那儿，像串房檐的鸟儿"漂"了许多年。前几年在家人的帮助下总算盖上了房，恰与小玉东西院。

小玉姓王，长得高挑匀称，高中毕业喜欢舞文弄墨，有时还能发表几篇小文。自己又找了一位可心的、立过功的军人做伴侣。不错的商店开着，四个轮的汽车坐着，生活要多美有多美，心里充满了阳光。

大玉和小玉虽然是穿屁帘儿时的伙伴，小学到中学的同学，十几年的街坊，但是面对时常坐在门口的大玉，小玉却很少跟她说话，只是偶尔打个招呼而已。因为小玉心里始终有点儿瞧不起这个没心眼的"傻"大玉。

而今，面对大玉家门上的铁锁，空荡荡的门口，小玉脑海里却时时闪现大玉的身影……

特别是想起那件事就更让小玉脸红心跳了。

那是在四十多年前，秋后队里分茄秧。刚学会"掏裆"骑车的小玉风风火火地来到地里，抱起一大捆茄秧就往车后架上装，还没"二八"车把高的她，一手攥着车把，一手抱着大梁，瞪着眼珠子，咬着嘴唇，鼓着腮帮子，两只脚在脚蹬子上来回紧颤。在疙瘩噜苏的田间小路上，七扭八歪地画着"龙"。

眼看就要到家了，"好孩子，真能干！"她仿佛听到了妈妈的称赞，心里甭提多高兴了！

突然，车子"咣当！"一下蹦了起来，一侧歪，"啪嚓！"一声，车子、茄秧一下就将小玉捂在了底下！

小玉吓蒙了！

等她醒过味儿，想爬起来，但她的腿却怎么也不听话了，而且还钻心地疼。她吓坏了！她不怕疼，她怕妈妈说她数落她。

好心的邻居把车架起，将她送回了家。到医院一拍片子，医生说："腿，骨折了。"小玉吓哭了。

晚上，大玉来到小玉家。坐在炕上的小玉一条腿被纱布缠得白白的，一双眼睛红红的。

"很疼吧？"大玉压着嗓子问。小玉含着泪摇摇头。

"那你怎么哭了？"大玉眨着眼睛。小玉眼泪汪汪地抬起头"我……我明天怎么上学去呀？……"

大玉歪着头眨着眼睛咬着食指……

忽然，大玉猛地抬起头，粗着嗓门："有了！有了！"大玉的眼里放着光。小玉眼里也生出了希望。"我家有一拉柴火的小车，我拉着你去上学！"

"行吗？"小玉才生出的希望又有些暗淡了。

"没问题！"大玉为自己的好主意高兴得直拍手。

第二天，刚过七点。"咕噜……咕噜……"的小车轮转动的声音就在小玉家的门外响了。

"妈！妈！我要上学去。"才吃过饭的小玉，一抬眼正看见拉着小车进门的大玉。

"你？你怎么能去呀？"妈妈从厨房探出疑惑的目光。

"看！大玉拉这小车来了！"小玉兴奋地说。

"这能成？"妈妈看看大玉又看看小车。

"成！这车能拉一大筐柴火呢！不信您扶小玉试试！"大玉又亮开了嗓门。

"妈，快扶我上去。"小玉有些等不及了。妈妈无可奈何地说："那就试试吧。"小玉被扶上了小车，坐在了大玉特意准备的小凳子上。

"坐好。"大玉说着抄起车前的拉绳放在肩膀上，头一低，腰一哈，屁股一撅，双脚一使劲，小车的四个车轱辘就向前转动了。

"成喽！成喽！我们又可以一起上学喽！"大玉小玉高兴地叫了起来。

大玉跑进屋抱出小玉的书包，"给，我们上学去喽！"

看着她俩，妈妈嘴上不反对了，可心里仍有些不踏实，"路上要慢点儿，累了就歇会儿……"望着小车走了很远很远，妈妈的目光还没收回来。

大玉比小玉大不足一岁，身子并不比小玉强壮多少，只是个头略高一点儿。九岁的大玉拉着八岁的小玉，一步步向着学校进发。

大玉前倾着身子拉车，一条拉绳搭在肩上，肩上出现了一道沟，她的花袄陷在沟里。大玉鼓着脸，咬着唇。不一会儿，脸就憋得通红，脑门上也冒出汗了。

"大玉，我很沉吧？歇一会儿？"坐在车上的小玉有些不好意思。

"不沉。不沉。你腿还疼不？"大玉似乎理解小玉的心情，紧着回答。

平时学校的上课铃，在家都能听见，往日眨眼的道儿，今天这小车咕噜了半天，却还没进门。半个小时后，她们终于进了校门，来到了教室。

大玉将小玉慢慢搀下车，轻手轻脚地扶到座位上，还接了杯水小心地递给了她。课间又一点点扶她上了厕所。放学了，大玉将小玉又慢慢扶上"专车"，腰一哈，腿一绷，四轮儿小车就又"咕噜咕噜"转了回了家。

这一早一晚，咕噜咕噜准时准点；这一上一下，咕噜咕噜风雨无阻；这一去一回，咕噜咕噜说说笑笑。这咕噜咕噜的响声，在这条二三百米的小路上一直持续了三十多天。

大玉住院了，她家的大门上锁了，小玉每天亮堂的心，这几天也像上了一把锁。

小玉往包里装了些钱，带着香蕉捎上苹果来到医院。

病房里静悄悄的。大玉抬头看见小玉进了门，很是高兴，伸手就抓住了小玉的手，大嘴一张就呵呵地乐了起来，满脸的肉随着直颤，一双大眼睛也笑成一条缝儿。

小玉望着病床上大玉说："我给你拿了些钱你先用，不够再言语。"

"我好多了。小玉你真好！你真好！"大玉使劲攥着小玉的手又是摇又是晃。

此时的小玉早已泪眼模糊……

老家的发小

刘文上班出门，夫人让他把那几个易拉罐扔到楼下。

他刚到楼门口，就看见有一个人正在门口收废品。那人一抬头，愣住了。刘文也愣住了。

"你、你是强子！"刘文有些兴奋，对着面前低着头红着脸的那个人喊道。

强子是谁？刘文老家的，而且是一墙之隔的街坊，一块长大的发小。从初中分开到现在，已经三十年没见了。

"给。有什么需要，就打电话。"刘文把写有许多名头的名片递给了强子。

没过两天，刘文还真接到了强子的电话，说周日要请他吃饭。刘文想，吃什么饭呀，肯定是强子有求于他。只要他能帮的，一定尽力。

刘文按照强子在微信上发的位置，开着车很顺利地找到了强子的住处。一座小院三间小平房。一进门就看见院子放满各种废品，酒瓶子、易拉罐、纸箱子等，虽然多但码放得还算整齐。

刚到门口，强子就搓着手迎了过来，还扭脸招呼着"快出来！刘文来了！"

一位五十多岁的女人应声从屋里走了出来。

嗬，还没进屋门，就迎面飘来久违的家乡味儿。黄焖鸡、炸藕盒、红烧肉，一桌子菜。

十里香，家乡的酒，刚倒入酒杯没喝呢刘文就有些醉了。饭桌上强子和刘文推杯换盏，喝得痛快，聊得也爽快，特别是说起小时候摸鱼抓鸟儿的事，更是不断爆出开心的大笑。

一顿酒喝了近两个钟头。直到刘文的夫人打来电话提醒，强子老婆用"滴滴"约来代驾，才算告一段落。

又过了大约半个月，刘文再次接到强子的电话，说老婆又做了一锅黄焖鸡，问他要不要过来喝一顿。刘文接电话时一旁的夫人揶揄道："又是那位发小。"

喝酒吃黄焖鸡，倒是次要的，刘文感觉强子有求于他，上次强子没好开口，这次也许就能开口了。什么事呢？被本地人为难了？给大学毕业的儿子找工作？嘿，甭管啥事，刘文都打定主意尽力帮强子。

这次酒仍然喝得很开心热烈，虽然没有上次的时间长，但也是爽得一塌糊涂。等刘文次日一早起来，却无论如何想不起来强子到底说没说求他办啥事。

　　又过了将近俩月，也就是快到春节了。一天中午，刘文接到了强子的电话，说要他这两天有时间过来再喝喝酒说说话。

　　刘文从这次强子的语气中，感到强子确实有求于他。"行，那我就下班过去。"刘文没与夫人打招呼，下班就直接过去了。

　　一桌饭菜是少不了的，可这次强子一端起酒杯，情绪却有些低沉了。

　　"强子，你几次约我喝酒，是有什么事需要我帮忙吗？你如果不说，这酒我就不喝了。"

　　"唉，我确实有事请你帮忙。去年大秋回老家。村里全剩老的了……娘腿疼，爹也腰疼……"说着眼圈红了。

　　刘文一听他说"娘和爹"，心里也咯噔一下。

　　"回家，明年不出来了，我把这些年攒下的钱盖个养老院，到时候，请你给题个名字剪个彩！"

　　"没问题！算我一份！"刘文没等强子说完，两只酒杯就撞在了一起。

吃亏是福

　　王立大学毕业，来到住建委工作。发小张福找到他，说有一项工程需要他帮帮忙，说着还拿出一个大信封放在了他面前。王立推开信封说，这项工程不归他负责。

　　其实，王立只要说说话还是能起作用的。同事小王帮了张福，张福的"大信封"自然归了小王。

　　王立吃了亏，吃了亏自然不舒服，可母亲小时候一直对他说的"吃亏是福"让王立找到了安慰。

　　高中同学赵强打电话来说要叙叙旧，约了王立。酒过三巡之后开口要王立把城乡改造项目招标到他的房地产公司，说着还把一套别墅的钥匙递了过来。王立没接那串闪着光芒的钥匙，直接告诉赵强，招标的事不是他王立负责。可最后这个项目还是落在了同学赵强公司。据说是同事小崔帮了忙，事成了，自然那套别墅的钥匙也就握在了小崔的手里。

王立吃了亏，而且吃了大亏，自然不舒服，一直住在七十平米小单元房里的王立，又只能用母亲小时候一直对他说的"吃亏是福"这句话安慰自己了。

大学同学王莉突然拜访。这位与王立既是同乡又是同班，"同名同姓"差点成为"同家"的女同学，如坐春风一般出现在他面前。咖啡厅小坐片刻之后，王立才知王莉并不是叙旧而是有所求的，要工程而且是很大的工程。王立沉吟了一刻，表明"他帮不了这个忙"之后，女同学王莉再没联系他。而后不久，就看见同事李响穿着打扮上了档次，家人的住房也有了"飞跃"。

而王立再一次吃了大亏，吃了大亏的王立非常不舒服，但也只能躲在小小的单元房里用老妈"吃亏是福"安慰自己了。

一日，纪检委来人把小王、小崔、李响请去"喝茶"了。而王立却安安稳稳地守在电脑前工作着。

偷　鞋

"我的鞋哪儿去了？"一大早儿还没睡醒的人们就被大强的粗嗓门惊醒了。

"睡一宿觉，嘿，把鞋睡丢了。"大刚撇着嘴起着哄。

可等他一撩被子穿好衣服要下地时，也不由得大叫了起来，"我的鞋也没有了！"

大刚这一叫，比大强的威力大，大通铺上立刻有了响动，一个个脑袋都从暖和的被窝里伸出来，紧着朝木架子床下看！

"我的鞋哪？"

"我的鞋哪？"一工棚，七八个人的鞋都不见了！

"我家就那么一双结实的……"结婚不久就分家另过的大强

叹着气。

"我那双鞋是老妈特意为这次挖河，做的胶皮底……"大刚有些心疼地说。

"我那双鞋，可是军用鞋，是我当兵的大爷特意从部队寄回来的！"二胜话语里带着愤恨。

"快去报告！是不是有人搞破坏，不让咱继续干活挖河了！"还是大志有心计看问题有高度。

正在这时，窝棚的草帘子掀开了，一阵风夹着雪花扑了进来！人们不由得打起了寒战。

"鞋来了！"随着脆生生的声音进来的是一个顶着雪花的身影。"李大妈！"人们不约而同地叫出了声。

不错，来人正是在工地厨房做饭的李大妈。昨夜，李大妈临睡前来给工地上劳累一天的孩子们送壶开水，脚底下一绊，踢上了一双湿漉漉的棉鞋。"这明天怎么穿呀！"于是李大妈心生一计，等窝棚里的孩子们都打起了雷似的鼾声，就拿着筐悄悄地把床下一双双湿漉漉的鞋"偷"走了，之后，守着大灶的炉火，翻来覆去地烤了大半夜，总算把孩子们的一双双鞋烤干爽了。

这事发生在 20 世纪 60 年代，当年的孩子们如今也六十多岁，李大妈也九十四岁了。

门前有棵大槐树

"是这儿，是这儿！"大槐树在车窗外一晃，老太太的一双眼就一亮，手指着一棵老槐树不住地点头。

"娘，您可看准了。要不，咱在转一圈儿看看？"车里的男人一边把着方向盘，一边轻声说。

"没错！快……快停车。"老太太急得伸手就拉他。

轿车"吱——"的一声停了下来。一位打着领带的男人急忙下车。从车内慢慢搀下一位满头白发的老太太。

"你别看这街变了，房变了。可这槐树没变！"老太太一边说，一边使劲点头。

在一个槐花飘香的日子，一对操着外地口音的一老一少，站在我家门口儿，高一声低一声地吵着。

"娘，您再等一会儿，容俺再打听打听？"

"不用！俺记得准！"老太太还挺倔，头一扬，腰一挺，甩开儿子的手，迈开小脚儿，向着老槐树就奔了过去。

"错不了！那时，俺偷偷来过。这树，这门儿，俺早就记在心里了。咋会错呢！当初，不为别的，就是为了现在！"

她哆嗦着手，冲着老槐树走了过去。那样子就像找到了失散了很久很久的亲人。围着大树一个劲儿地转一个劲儿地摸。摸着，摸着……眼里竟还滚动着泪花。

庭院里喝茶的母亲，听见门外的说话声，放下茶杯，站起身。

"看！就是她！"向大门里张望的老太太，还没等母亲走出去就一眼看见了。

"大嫂子！"老太太冲着母亲就喊了一声，话音还没落地就甩开两只小脚儿向母亲奔了过来。

"你们是……？"母亲被吓了一跳！一头雾水地打量着来人。

"老嫂子，你不认识我了？"满头白发的老太太对正愣住的母亲瞪大了眼。

"唉，也难怪，四十多年了……"老太太喃喃地说。眼里噙满了泪水。

"想想，想想那个……下大雪的晚上，棒子地……孩子……电井房……"

老太太急得满脸通红，含着满眼的泪深情地注视着母亲。

母亲眯缝着眼睛，盯着来人……

突然，母亲紧皱的眉头霍地打开了，眼睛一亮："你是……你就是当年那位大妹子！"

那是已经过去了四十多年的一件事。在一个大雪纷飞的夜晚，母亲喂完了队里的猪，顶着雪穿行在田埂上往家赶。脚下的雪一踩就没了脚脖子，身上的衣服一会儿就变成了白色的盔甲。

"啊儿——啊儿——"突然传来了孩子的哭声。母亲停下脚步，四下看了看，侧起耳朵听了听。呼呼的北风，唰唰的飞雪，哗啦哗啦作响的干棒子秧。黑乎乎的田野里，连只野兔也看不见。

"难道我听错了？"母亲拔起脚接着走。

还没挪出二十步，"啊儿——啊儿——"孩子的哭声又传了过来。母亲快步登上垄沟的高处，踮起脚，向黑乎乎的旷野里望去。

不会听错！母亲一把扯下头巾，支棱起耳朵再次寻找。沟西是发着惨淡白光的雪野，沟东是望不到边的棒子地。一人多高的棒子秧戳在那儿，黑黝黝的一大片。风雪中发出哗啦哗啦的声响。真是瘆得慌。

"这蛮荒野地的哪儿来的孩子？"迎着刀尖儿般的雪片，借着微弱的雪色，母亲急切搜寻着发出孩子哭声的地方。

"是棒子地！"噌！母亲跳下高坎儿，双手扒拉开戳着的棒子秧。咔嚓咔嚓地钻进了棒子地。

在电井房。母亲加快脚步。刺骨的风夹带着雪片向母亲脸上、身上抽来。干枯的棒子秧像无数只魔手，戳着母亲的脸，撕扯着母亲的衣服。母亲左一歪，右一闪，终于挤到了电井房门口。

透过淡淡的雪光，母亲往电井房里一探头："哎哟！"墙犄角处缩着一个黑乎乎的影子。那个黑影前抱着一个破棉絮，里面裹着的一个孩子！孩子正张着小嘴儿一声一声哭呢。

孩子！这怎么成！这不冻坏了！

"你们怎么待在这儿？！"母亲边说边闯了进去

蜷着的身子一振，猛地抬起头。一个头发蓬乱、脸色蜡黄、颧骨突出、双颊干瘪、两眼深陷的一个人，一个女人！女人的样子把母亲吓蒙了。

"俺们……俺们是从山……山东来的。家……家里……"女人上牙磕着下牙，浑身哆哆嗦嗦。一口家乡话说得结结巴巴。一双深陷的眼睛，惊恐地瞪着突然而至的母亲。

"这怎么行！快跟我回家。"母亲跨到近前，不容分说就要抱孩子。

"不……不！不给你……"女人的头摇得像拨浪鼓，双手使劲裹了裹孩子身上的破棉絮，把孩子搂得紧紧的，好像孩子要被抢走似的。

母亲打了一个迟愣，"那你等着！"一个急转身，就钻进了黑咕隆咚的棒子地。跨垄沟，踏雪地，甩着大步向家奔去。

母亲喘着粗气跑进院子直奔里屋。掀开炕上的箱子，翻出一件蓝色的棉猴，又扯出一件小花棉袄，顺手又拽下被垛上的一床被子，将棉猴棉袄一卷。

"锅里还有粥吗？"母亲问。

"有。锅里热着呢！"正和我一起端着饭碗看着母亲发愣的大姐赶紧说。

母亲走到锅台边，伸手抄起一个大蓝边碗，拿起勺子，"哐！哐！"，盛了满满一大碗棒子糁儿粥。然后扯过一块屉布，将碗一撂，又揣上两个贴饽饽，往上一提，一系，对大姐说："快穿上大衣。拿着。跟我走。"

大姐赶紧站起身，拉过炕上的大衣，接过提兜，跟着抱着被卷儿的母亲，跑出家门。

"妈妈你上哪儿？"我终于缓过神儿来，冲着黑咕隆咚的窗外大喊……

"大嫂子，想起来没？你忘了，俺可不能忘！四十多年了！俺哪天不叨念你……早就想来看看你！"老太太使劲抖动着眼皮，异常兴奋地盯着母亲。

"快！快过来！快叫大娘！"老太太说着使劲拽过愣在一旁不知所措的男人。

"这，这就是你那救命的大娘！"说完抬起袄袖，不停地擦着早已流在脸上的泪。

"大娘！……"中年男人眼圈一红，一步跨到母亲近前，颤抖着握起母亲的双手。

"他是……？"母亲睁大了眼睛，上一眼下一眼地打量着近前这个高大英俊的男人。"他就是俺那没冻死的娃！"老太太哽咽着说。

母亲眼里滚动着泪花，中年男人淌着泪水，老太太的泪更是止不住！

一阵风吹来，老槐树扬起了枝，槐花飞舞，花香四溢，满院清香。不大一会儿街街巷巷就都让槐花甜甜的香气占领了。

妈妈打我了

东院的张奶奶，好几天不吃东西了。

屋里屋外的人们紧着忙活着。可作为长子的张叔几天来却什么也不干，从早到晚守着张奶奶，不仅如此手里还总攥着母亲长长的烟袋不松手，并时不时地往母亲的手上塞、嘴里放。嘴里还嘀嘀咕咕跟母亲说着话，尤其是夜间没人的时候。

今年七十八岁的张叔，平时和村里人不大合群，总是一个人独来独往。可遇到谁家有个大事，尤其是谁家死了老人，一请，他准到。舞文弄墨的事，没别人。虽然他沉默寡言不苟言笑，但在近千口人的村子里，却少不了他的位子。

面对张叔，人们很担忧，真怕平时就很古怪的他再出点儿什么事。可要谁前去劝劝，却没人敢上前。人们心里都明白，总是书本不离手的他，不仅有学问，心里的主意大着哪！你看那不紧不慢的动作、不慌不乱的脚步，不由得你不佩服。你看，他又拿起笔在本子上忙活开了。

张奶奶的呼吸一天比一天弱，连眼皮也老半天不动一下。可张叔依旧往母亲的手里塞烟杆儿，嘴里仍是叨叨咕咕。家里人几次拿着寿衣都没敢上前。

有一天夜里，突然传来了张叔的哭声。众人"哗啦"一下围了过去。

"我妈妈打我了！我妈妈打我了！"张叔满脸是泪地大声嚷嚷着。

"百岁的母亲被儿子叫活了！""百岁的母亲被儿子叫活了！"一时间传遍了整个村庄！

原来，沉默寡言的张叔，十几年前爱上了写作。面对渐渐老去的母亲，他的心越来越急，越痛。

妈妈呀，妈妈，我到底了解您多少呀？！

写母亲，了解母亲，留住母亲！

于是，给母亲点烟、聊天就成了张叔的主要生活。可就在他的《百岁母亲》要完成的时候，母亲却困了，于是，他就轻轻地守候在母亲身边耐心等待……

谁知自己等母亲时，睡着了。醒了的母亲要抽烟，自己不知道，"狠心"的妈妈竟抄起烟锅打了自己儿子的头。

甜蜜蜜

　　山里的张老汉养蜜蜂，而且养了许多年。山里的水好，自然树就好，树好风景就好，树影婆娑，花香四溢。花香让采蜜的蜜蜂们高兴，更让张老汉高兴。蜜蜂一高兴，蜂蜜就产得多，蜂蜜一多，张老汉兜里的钱就自然更多了。

　　每年六月都是张老汉最忙的日子。不仅要收蜂蜜，还要起早贪黑地赶集卖蜂蜜。

　　可今年都七月了，村里人也没见张老汉蹬着三轮车赶集卖蜂蜜的身影。

　　张老汉的老婆子病了，而且病得不轻。老婆子一病，不但帮不上张老汉的忙，就是做饭吃饭都得需要张老汉伺候着。张老汉有儿子儿媳，也有孙子孙女，可张老汉不愿打扰孩子们。因为他知道儿子上班忙，孙子孙女更是上课不能耽误。

那天中午，张老汉正伺候着老婆子，一扭头看见门口停着一辆车，有个十五六岁的女孩正朝门口张望："爷爷，是您的蜂蜜吧？"

"是，是。"张老汉一边回答一边麻利地迎了出去。"三天没开张了……"

"十八块钱一瓶。"张老汉以往赶集一瓶从没低过二十元的蜂蜜，自己一开口就降价了。

"来十瓶。"女孩张口就是十瓶，而那眼神不看蜂蜜却笑眯眯地看着张老汉。

"要这么多！"随后下车的男人好像是女孩子的父亲，有些嗔怪地说。

"就要这么多。"女孩有些撒娇。

张老汉很高兴，哆嗦着手，搓着塑料兜，麻利地把十瓶蜂蜜分两组装了进去，还两手一交叉，把塑料兜打了结。那样子好像怕人家反悔似的。

张老汉养蜂靠山，卖蜂蜜靠自己，全靠蹬着小三轮车一步一步蹬到集上去。赶集，初一、十五这个镇，初二、初六那个镇。一车五十瓶的蜂蜜要足足一天的工夫，才能卖干净。今年老婆子病了，他就要守着，要守着老婆子，他就不能赶集了，不能赶集就只能把一瓶瓶蜂蜜放在家门口，一瓶瓶地卖，卖多卖少，全靠天意。

女孩很高兴，把十瓶蜂蜜抱上了车还舍不得走，一个劲地转悠。临上车还笑着向张老汉挥手。

女孩家的车子才发动还没转到路上，又一辆车在不远处减速奔到了张老汉的家门前，而且一到张老汉的家门口就停了下来，车子一停，一个打扮入时的漂亮姑娘就下了车。

"哟，这么好的蜂蜜！"姑娘一下车就奔向了摆在木架子上的一瓶瓶蜂蜜。看着蜂蜜的同时，一双好看的眼神也落在了张老汉的脸上。弄得张老汉有些不好意思。

"您就是那位卖蜂蜜的大爷？"姑娘的语气里透着激动，好像早就认识张老汉似的。

"来二十瓶！"也不问价，张口就是二十瓶，那语气好像不容置疑。她说，他们特意从百里外的省城来的呢。

张老汉心里很是高兴，高兴得满脸皱褶像盛开的向阳花。张老汉很高兴地伸出双手，一手拿一瓶，一瓶一瓶地把二十瓶蜂蜜很麻利地装进了一个纸箱。那样子生怕人家改变主意似的。因为七十多岁的张老汉从没一次卖过这么多。

"大爷给您。"一只白皙的手把几张崭新的人民币递到张老汉的手里。

随后下来的年轻人双手一抄，端起箱子就放进了车里。等张老汉举着找给他们的零钱时，一抬头，二人早就上了车。车子启动前这对年轻人好像了却心愿一般，朝着张老汉帅气地一挥手："拜拜。"

两位省城来的年轻人刚走，又开来一辆灰白色的大面包车，车缓缓地驶到了张老汉家门前。车一停，就从车门里下来五六个年轻人，他们一见到张老汉就"大爷大爷"地叫着，熟人似的亲热。一边亲热不说，嘴里不住地夸赞着张老汉的蜂蜜"绿色食品""纯天然"，说，张老汉家的蜂蜜他们全买了！连价钱也不问，就你一箱他两箱地往车上搬。那样子好像是张老汉他们当年抢购紧俏物资似的，晚了就没有了。

张老汉一看这阵势，有些害怕，生怕他们是"抢劫"的。因为最近常听人说，有坏人专打老年人的主意。

张老汉心里"怦怦"的，真要是"坏人打劫"，他七十多岁的老头子又有什么辙呢！

"大爷，这是两千块钱。"直到耳边响起一个脆生生的声音，看见一沓崭新的人民币，张老汉这才相信眼前的人，是买来他的蜂蜜而不是"打劫"，才知道他们从北京特意赶过来买他张老汉的蜂蜜的。他们说，是老板钦点要他张老汉的蜂蜜，他要用甜蜜蜜的蜂蜜为全厂员工发福利。

张老汉一听甭提有多高兴了！因为他不仅把积压了许久的蜂蜜卖掉，得了许多钱不说，而且他张老汉的名气都传到几百里外的北京城了！

周末，张老汉在省城上高中的孙女玲玲回家看爷爷奶奶。她一进门，张老汉就迎上前，咧着嘴，把自己卖蜂蜜的"怪"事忙不迭地对着孙女儿讲了。

孙女玲玲一听，笑了。"爷爷您看——"玲玲拿出手机，打开：张老汉蒙了，他的一个个蜂箱、他的一只只蜜蜂、他的一瓶瓶蜂蜜还有笑眯眯的他，竟然都在孙女玲玲的手机里。

　　原来，孙女玲玲看着爷爷奶奶整天为养蜂、卖蜜忙碌，很是心疼，因此借回家之际拍了照片、录了视频，做了"抖音"发到了"朋友圈"里。于是引来了四面八方的朋友，只几天的工夫就把爷爷焦心的事解决了。

神秘的"蓝色妖姬"

　　2 月 14 日，是情人节。一走上街，凤琴就撞见一对对小青年手牵着手，头挨着头的亲密身影，还有迎面扑来的玫瑰花香！

　　商场门前、影院门口，更是红红艳艳一片，而这其中竟还有一簇簇包装精美的蓝色花朵！

　　蓝色妖姬！凤琴心里莫名地激动：这难道就是传说中的神秘之花？顶级的爱情之花？

　　现今，年逾六十的凤琴，不要说顶级爱情之花"蓝色妖姬"，就是一枝普通的红玫瑰，也没人送过。

　　结婚成家，她和丈夫"同吃同睡同劳动"三十八年间，初恋时的爱情早就被风雨、磕绊的几十年磨得差不多了。更何况近几年彼此的身体欠佳，早就让日子无味无趣了。

"叮咚、叮咚"风琴刚回家落座，家门就被人敲响了。

"快递。"快递小哥露出了那张熟悉的笑脸。风琴退休在家常收快递，不是女儿的，就是丈夫的。

"谢谢。"风琴接过长方形的纸盒，顺手刚要放下，眼一瞥，愣住了：收件人的名字居然是自己！

从没有网购的风琴有些迷惑，再次确认名字后，犹豫着拿起剪刀拆开包装，是一个精美的包装盒，再次小心剪开：蓝色妖姬！一枝闪着迷人光芒的蓝色花朵！

风琴看着"爱你"的落款，吓坏了，心怦怦直跳不说，头都些晕眩了……

谁？……谁……？"蓝色妖姬"，不是爱情之花，是炸弹，时刻可以把"家"炸飞的炸弹！

风琴迅疾地在脑子里把男同学、男文友"筛"了一遍……她把"蓝色妖姬"藏到了书柜里，怀着忐忑的心准备着晚饭。

饭菜上桌，风琴心怦怦乱跳，偷眼一看，对面的丈夫正眯着眼坏笑呢。

金 婚

　　老张还没出小区大门就碰上了对门的胖嫂了。

　　身着运动衣的老张冲她点了一下头，之后抬头挺胸，迈着快步走向了老地方。

　　一座小桥，一座凉亭，一片翠竹，隐秘而幽静。

　　"多好的约会地点呀。"一路追踪而来的胖嫂心里生出了醋意。

　　一个女人，红毛衣，蓝纱巾。刚一见面，胖嫂就看见老张忙不迭地起身相迎了。

　　"哼！"胖嫂用鼻孔哼了一声，扭身走了。

　　又是一个星期天，老张一露面，又遇见了胖嫂。这回胖嫂没有像前两次那样追踪过去，而是拿出手机，躲在一棵树后打起了电话。

大约十几分钟后，就看见两对中年夫妻朝胖嫂走了过来。"你们跟着我就行。"胖嫂嘴角往上一挑，有些得意。

出了小区大门，向右再向左，往西再往北，之后走了大约二百多米，就看见了一个公园大门。穿过宽街拐上小径，这才看见一条小溪，顺着溪水，踏上小桥，刚要往前走，胖嫂就双手一伸，拦住了。

"你们看——"胖嫂压住声伸出一根手指。

一对老人依偎亭子下的长椅上，头紧紧地挨着，眼微微地闭着，一只小手被一只大手紧紧地攥着。一阵风吹过，吹响了竹叶，也把一丝丝白发吹得飘了起来。

"喏——那老头就是你爸。"胖嫂颇有成就感地指了指老张，以为就要发生什么了。

不承想，那两对夫妻竟一扭身下桥往回走了，而且一边走一边擦起了眼泪。

胖嫂怎么也不会想到，老张约会的女人不是别人，而是自己过了快五十年的老伴。

前年村里拆迁，老张把所有财产都分成两份，两个儿子各得一份，不承想两儿子也把他和老伴分成了两份，也一人一份。

看家、看孙子，一人守着一个儿子。

两个儿子，两个小区，两个小区横跨好几条马路，七八里地。只有等儿子们休息出门郊游的礼拜日，老张和老伴才能见上一面。

下个月，就是老张和老伴结婚五十年的日子。

老张计划着和老伴相约的日子。可那天一大早，儿子就拦住不让出门了，说要带着他参加什么活动。儿媳妇还拿着新买来的衣服张罗着给他穿。

老张心里急，可看着儿子儿媳的笑脸，也只能忍着。

老张穿好衣服，被孙子扶着坐进了轿车。儿子、儿媳、孙子围着，按说老张该知足高兴，可心里就是揣着兔子似的着急！

老张被小儿子、孙子簇拥着走进了一个小区，脚不沾地地乘电梯来到了一个贴着大红"福"字的单元门口。

还没等敲门呢，大门就打开了——老张蒙了，他看见老伴一身唐装鲜鲜艳艳地出现了！

之后，就是迎面而来的满堂彩，还有厅堂正中的大蛋糕！

"金婚快乐！"

二　姐

家里猪圈的猪，养了快一年了，还长胳膊细腿，不长肉。

二姐到同学家写作业，出门时歪头一看，人家猪圈里的猪，大头大脸，浑身是肉。细一看，毛稀又短，肉显得多。

聪明的二姐，计上心来。

二姐回家，抱柴火、刷锅、添水做晚饭。粥熬好了，灶膛里的火苗也熄了。

二姐拿起土簸箕、灰耙子就掏灶膛灰。满满一簸箕，她小心且快步地出了门楼，而后脚尖儿点地来到猪圈，抻头踮脚往里一看，那猪正在圈坑里埋头吭哧呢。

二姐心头一喜，双臂一抬、两手一掀，"哗！"满满一簸箕、冒着红火星儿的灶火灰就瀑布似的泻在正聚精会神埋头苦干寻找食物的黄毛猪身上了。

"吱——啊——"一声惨叫，震响一条街！

一团烟、一团火，圈里的猪如推上电闸的马达一般，疯狂旋转，而后一个跳跃，就蹿上了一米来高的炕上，这原本是要走两步台阶的呀！而后一个转身，跳下，又一个跳跃……那猪血红着眼珠子，恶狠狠地瞪着早就吓蒙了二姐。

一股股燎毛子味，夹杂着皮肉烧焦的煳味，很快飘了半条街！

扛着铁锨收工的爸爸，一拐过胡同还没到家，就明白了。举着铁锨，就奔着端着水盆泼猪的二姐去了。

二姐一看，"咣当！"盆子一丢，脚丫子一蹦，身子一拔就上了墙头！让举着铁锨的父亲追了半天也没打着。

二姐闯了大祸，躲在柴火堆了，半宿都没敢回家。直到大姐出来喊，二姐才蔫不出溜进门、钻进被窝儿。

那可怜的猪，浑身焦痕，别说长肉，能保住命挨到大红门肉联收购的那一天，给了个"等外"处理价就不错了。

二姐脑瓜聪明，什么活儿一看，就八九不离十地记在心里，而且马上着手实施了。

纳鞋底做鞋帮，一两天就一双鞋。

串盖帘儿，一捆高粱秆儿（高粱穗下端一节），剥干净皮儿，大针一拿，麻绳一穿，腿一盘，"噌噌"横一连，竖一串，最后挥起菜刀"咔嗒咔嗒"沿着画好的圆圈儿一砍，一个平平整整秀秀气气的盖帘儿就做完了。

包饺子、抻面条更是手拿把攥，小事一桩。

二姐在首钢上班，在首钢什么地儿？迁安呀。迁安在哪儿？河北唐山呀。

二姐先在石景山首钢总厂，后调入迁安矿区。

那里北京人少，唐山人多。二姐嘴快，爱说，手快，爱干活，心快，爱帮助人，调入不久，就大名鼎鼎了。

"二姐，听说您会北京抻面？"同事聊闲天儿。二姐就高兴得认真了。

"啥时候让我们尝尝？"另一个打着哈哈。

"对！对！"另一个帮着腔。

"这还不手到擒来！"二姐得意。

"明天怎么样？！"围上来的人起哄。

"明天就明天！"二姐犟劲儿上来了。

第二天，人家也许早把这事丢到脑后了。二姐一大早，就敲人家门，张罗和面去了。

抻面，关键是和面、饧面，面揉得好、饧得到位，抻出的面条，才地道！

他们哪里知道啊！

拿盆儿、扡面、倒水、揉面，二姐一家一家地给那些想吃北京抻面的同事家和面。

晌午，下班铃一响，二姐又忙兔子似的给人家揉面、擀面、切面、甩着胳膊给人家抻。和早上一样，一家挨一家，临到最后一家了，抬起腕子一看表，一点半都过去了，快上班了，自己还没吃饭呢。赶紧回家，啃块凉馒头，喝口热水，走人。

20世纪60年代末，也就是二姐上初中二年级。学校响应党的号召"学工、学农、学习人民解放军"，组织初二学生参加冬季农田水利建设。就是到大兴县长子营公社修整凤河，俗称"挖河"。

初二年级六个班，三百多个学生老师一起出动。背着被裹卷儿，拎着脸盆、胶鞋，扛着铁锹，排着队，举着旗子，唱着歌儿，就出发了。

三十多里地，走了一个上午，近三个钟头，在晌午饭前，赶到了……

再看那些出发前举着旗子唱着歌儿的同学，早蔫头耷脑，一棵老阳儿晒得蔫草似的了。

二姐可不是，精神着呢！敲着搪瓷盆，"打饭去了喽，打饭去喽！"三蹦两蹿就奔那飘着饭味的大棚去了。

啥饭？黄窝头，白菜汤，照饱了吃！这在家是不可能的。家里每人都有定量，得悠着点，否则到青黄不接的三四月份，弄不好就得挨饿。这是老妈妈说的。

吃完饭，住哪儿啊？蛮荒野地的，除了麦地就是河沟子。

搭工棚。沿着河堤，放着一堆一堆棒子秸、树杈子呢，走近一看，每堆上还放着一块白色大塑料布。

老师把同学十个人一组分好，抱棒子秸，抬树杈子，罩塑料布，在老师和村民的帮助下，一个像模像样的工棚建好了。河堤上刚才还是一堆堆柴火呢，现在魔术一般立起了一排排金字塔般的工棚。

工棚，五人一个。学生们兴奋得手舞足蹈，你钻她的，我钻你的，被卷一摞，就迫不及待地打起滚来。

"同学们，从今天晚上开始，我们一起睡觉，一起起床，一起吃饭，一起劳动，我们就是一个不可分割的集体了。大家听从指挥，不许私自行动！"校长面容严肃，话语铿锵。

天真冷啊！野外的风明显比村庄里的大，把工棚吹打得呱嗒呱嗒地响。同学们挤在棒子秸连成的通铺上，又冷又害怕。老师给的蜡烛，早就熄灭。有的提议点一点，暖和暖和。老师嘱咐的话仿佛就在耳边，"统一熄灯！"

二姐睡在东边最后一个窝棚。

"像什么？当然像窝头。像窝头，理当叫窝棚。"老师同学都工棚工棚地说，只有二姐，窝棚窝棚地叫。

二姐兴奋，躺了半天也睡不着。熬到半夜，十一二点钟，爬出窝棚，还没站起身，就闻见做饭烧柴火的味儿。

二姐一个骨碌站起来，往西一看：可了不得了！西头窝棚着火了！火苗子正顺着窝棚往外蹿呢！从里往外还不算，还借着西北风往东燎！

"着火啦！着火啦！"二姐扯着嗓子喊，恨不能把喊声变成雷！

快跑呀！男的女的、老师学生，拽着衣服，扯着大衣，抱着被裹，都光着脚丫子吓得直哆嗦。

火，像魔鬼一般，从西向东席卷而来！

二姐疯了！

人家都在躲火，生怕被火烧着、燎着、烫着，她却疯魔一般一趟趟冲进冒着烟、燃着火的窝棚，喊着、拽着、扯着、揪着窝棚里吓傻、吓哭的同学……

火，熄灭了。疯狂的火蛇，终于一气呵成把毫无反抗能力的草窝棚，全部彻底地吞噬干净了……

三百多位老师学生，除了被褥，无一损伤。

再看二姐，累得喘着粗气的二姐，正弯着腰低着头，双手揪扯着烧焦的头发嘟囔着："这回不用烫头发了……"

辣椒也能飘香

那天张凤英正在院子里剁辣椒，一个俊俏的姑娘迈着轻快的脚步走进了她的家门。

"大姐您好！"姑娘脸带笑容声音清脆。

"你是……？"张凤英疑惑地抬起头。

"我是来旅游的，累了想在您这歇一会儿。"姑娘的神态谁看了都不忍拒绝，何况好客的她呢。

"行。"说着她站起身把刚坐过的小板凳儿递了过去，一扭身从屋里端出了一杯水。

"您种这么多辣椒。"姑娘接过水，好奇的目光从进门起就一直打量着她院子里的红辣椒。

"唉——"顺着姑娘的目光她叹了一口气,露出了与姑娘欣喜截然不同的语气。

姑娘正要探个究竟,有三个十来岁的孩子从院门口跑进来,还没等她看清就小狸猫似的钻进了屋子里。

那屋子是黑的,房子是矮的,房顶上立着许多茅草。

今天是周三,按说孩子们该在学校呀。姑娘心想。

中午时分,姑娘没有走的意思。张凤英留姑娘一起吃饭,姑娘竟爽快地答应了。

一盘腌萝卜、一碟辣椒酱让好客的张凤英脸红。

可俊俏的姑娘却吃得很香甜,临走还说她做的辣椒酱很好吃,夸得她又在家里瓦罐里舀出许多装进两个罐头瓶,让她带回家里吃。说吃完再来拿。

说这话时,张凤英也就是说说,并没太在意也没指望姑娘再来,这穷乡僻壤的地方,来一次就够了。

可过了三五天,俊俏的姑娘又来了,说她带回的辣椒酱很受欢迎。

辣椒自己种的,辣椒酱自己做的,家里瓦罐有的是。张凤英一听二话不说就装了两瓶给了姑娘。而姑娘却不满足,说要把她家里所有辣椒酱都买下!

"买?"张凤英有些蒙。辣椒是村里家家长年累月的吃食还能卖?

正愣怔着,一个干部模样的人随着姑娘走进了院子。

"大姐,您的辣酱做得口味非常好!我们不仅要把您家的辣酱买下，还要在这里建个基地，聘请您为技术指导，把您的辣酱打造成品牌，卖到全国甚至全世界！"

原来俊俏的姑娘是下到基层的扶贫干部，经过走访，了解到张凤英三年前丈夫车祸去世，三个孩子因家贫失学了。

青花瓷

　　老李可不是懒人，昨天深夜十一点才随夕阳红旅游团下榻乌鲁木齐的酒店，今天一早儿又五点多钟起床了。

　　遛早儿，是老李几十年的习惯。以前是没目的地瞎溜达，现在可不是，自从潘家园古玩市场一转，就有心计了。早先是家门口转，现在是哪儿远去哪儿。这不，一猛子就到千里之外的新疆乌鲁木齐来了。

　　临行前，又是街坊又是同事的老张很羡慕："行啊，老李，好日子啊！"

　　"在家闷，出去转转。"老李随口答着，口气很低调。一路老李都低调，就是看看书，读读报。

可今儿一早天还黑着，出了酒店门就精神得不得了！六十多岁的人劳顿困乏全无，双脚稳健，两眼放光！

街上，车少，人少，店铺未开，清静。路上偶有行人，也多为老人。老李迎着一位老人走了过去，问明市场，谢过就走。按照指引，果然没走二里地就看见冒着香气的市场了。

老李走进市场，一抬手腕，表的时针刚刚指向五点四十分，这离太阳升起还得一些时间呢。老李的脚步放慢，两眼却在昏黄的街灯下忙了起来。

突然，老李的脚步快了！好像发现了什么。只三五步，就停在了一个摊位上。

看摊的是一个老头儿，灰衣灰裤旧布帽。他不卖苹果，不卖梨，也不卖新疆大枣，面前就摆一个坛子。

老头坐在一块砖石上，似睡非睡。老李蹲下身，看了一眼坛子，就不由得伸出了手。老头没有动，似乎真睡着了。

"青花瓷？"老李开口了。老头好像醒了，似是而非地点了一下头。

"多少钱？"老李问。老头又好像伸了一个懒腰。

"五十？"老李又问。老头似乎脖子有点酸，摇了摇头。

"五百？"老李伸出了五个手指头。老头的脖筋似乎抻开了，用力点了一下头，同时眼也睁开了。

老李从怀里拿出钱包"唰唰唰"抽出五张票子，手一伸就递给了老头，回手就从兜里掏出布袋把那个青花瓷坛子装了进去。

此后几天，老李对导游说身体有些不舒服，就不去逛了。

第十二天，老李终于回到阔别许久的北京城。

次日一早儿，老李就进了潘家园。往常一进市场，老李就王老板、赵老弟地吆喝，今天人家招呼他，他好像没听见似的，一个劲儿往前走。后面的直纳闷：老李耳朵背了？低头一看老李手里拎着的布兜子，就明白了。

老李走了大约走了五百米，差不多一条街了，终于走进一个店铺。

还没等他打招呼，屋里的人就说话了，"老李有些日子没见您了"，一个白发老者话没说完就迎了过来。

"出去走了走。"老李脚步似乎有些犹豫。

"有宝贝？"老者一眼就看见了老李手里的布兜，立马面露喜色，两眼也瞬间闪出了光彩。

老李脸露羞涩，嘴张了张，竟没发出声。

"快拿出看看！"老者察觉出自己猜得不错，有些兴奋。

老李挪着脚步，把布袋放在柜台上，小心地把"青花瓷"缓缓地移出来。

一尺来高，大肚儿小口儿，黄白色的身儿，深蓝色的花儿，花枝、花朵都鼓凸着。细看那黄白色的身儿，还有一道一道密密麻麻的小蚂蚱口儿……

白发老者拿起放大镜。先坛沿儿，后坛身儿，看过花儿，又再端详枝儿，而后盯着小蚂蚱口儿，瞅了老半天。最后小心翼翼地握着坛沿儿瞅了一眼坛底，摇了摇头。

站在一旁的老李，不错眼珠地盯着老者的手，盯得自己心里直"怦怦"响……

　　待到老者握起坛沿儿，老李都怀疑自己的血压上来了，生怕他一失手掉在地上。当最后看到老者摇着的头，老李脑门上的汗就下来了，脸也一下子白了。

　　老者一见，赶紧扶他坐在柜台外的沙发上，紧着安慰道："老弟，不至于，不至于的啊！"边说边拍着老李的肩头。

　　老李勉强打起精神，喝了一口老者递过来的茉莉花茶。有一搭无一搭地同老者聊了会儿，而后找了个茬口儿扭身回家了。

　　一进家门，老李顺手就把布兜塞进了西间杂物室，好像怕谁看见似的。

　　隔日，老伴收拾屋子看见了，看到"青花瓷"很喜欢，就顺手洗洗擦擦，放在了客厅的角柜上。

　　老李看见了，又伤心，又难过，有心发火，想摔碎了！最后还是忍下了：好歹也是个物件呀。

　　一天下午，老张来了："我说老李呀，怎么旅游回来就不出门了？我这些日子可憋坏了！憋得我手心都痒痒了，来来快杀一盘！"还没等老李反应过来就扯过椅子，拿出棋盘棋子在桌子上摆开了。

　　老李愣怔着从沙发上站起："你这家伙，打鸡血了，这么大精神。"

　　老张哈哈一笑，就捏起了一个棋子，"当头炮！"老李只好打起精神应战。

老李第一盘，输了。第二盘，也输了。这，在以往可是少有的。

老张有些得意，很随意地用眼角扫了一下客厅。在角柜上有了新发现："老李这罐子，可不赖！花多少钱淘换来的？"说着就奔角柜去了，"不赖！不赖！养两条金鱼正好！"

"五十块钱淘的。你喜欢就拿走！"老李顺水推舟，去心病、交朋友，一举两得！

"怎好夺人之美！"老张还没等自己的话音儿落下，手已经把那罐子拿起来了。"我给你五十块钱，下次你再买一个。"

"瞧你，外道了吧！咱老哥俩还说钱！"老李执意送出去！

"青花瓷"从老李眼前消失了。

老张果真买了两条红色的龙睛金鱼，而且真的放在了老李给的罐子里。从此一早一晚得空儿就端着茶杯守着老李的罐子，看两条金鱼优哉游哉地游动。

星期天，老张的儿子携妻带子回家看爸妈。儿子无意中看到了阳台茶几上的"青花瓷"。"爸，够样！哪儿来的？"

"怎么样，你老爸这鱼不错吧！"老张不知道儿子与他着"点"不同。

"爸，我看着罐子不错。拿我那儿鉴定鉴定？"儿子是电视台鉴宝节目的工作人员。

"你这小子，别拿你老爸开涮！"老张说着顺手在儿子头上拍了一下。

"凑凑热闹呗。"儿子做着鬼脸儿。

每星期五有一档鉴宝节目，老李按时按点收看。三年了，没落过空儿。

今天离节目还有十分钟，老李就在电视前等着了，就是烦人的广告也舍不得换台，生怕时间错过去。

节目开始了。似乎有一个熟悉的脸在老李眼前晃了一下。

老李揉了揉眼：没错，是老张。这小子以前约他到电视台当观众，他还拿着架子不去呢。

看着看着老李直眼了：他的"青花瓷"！对，没错，就是他的青花瓷！而且被专家鉴定为，康熙官窑！

老李的血压"噌"就高了，心脏病也犯了。要不是老伴发现得及时……

次日，老李如一摊泥，偃在床上。

迷糊中一个熟悉的笑声从客厅里传来，"老李，快起来咱俩杀一盘！这回咱得玩真的！"老张没说完话，就一手把老李送的罐子放在了客厅的角柜上了，而后晃荡着棋子进了里屋。

老蔫出轨

"老蔫有外遇了。"胖嫂在菜市场一见到慧英就颠着脚儿凑到了跟前,厚厚的嘴唇几乎挨上了她的耳根子。

慧英一笑,"他?"跟老蔫睡了半辈子,还不知道他。

"老蔫,哪儿去?"正哼着小曲迈着方步的老蔫,被张三一伸胳膊拦下了。

"公园转转,转转。"老蔫一脸的菊花。

"嫂子,我看蔫哥最近可有好事呢。"一见着慧英,张三就冲着她坏笑。

"他有什么好事。"慧英一扭身就进了家门。

"你瞅我老蔫哥——"张三的话外音让慧英不能不放在心

里了。

摸了几十年锄把子的老蔫，皮鞋、白裤、红衫，让街坊们眼前一亮。

"老蔫有了外遇。"一时间街坊们看慧英的眼神就有了内容。这让慧英坚守的信念有了动摇。

从拆迁上楼以来，一年的时间老蔫变化确实不小，穿着打扮讲究了不说，五音不全的他，还常哼着小曲。而且几乎天天吃完早饭就出门，而且一走就是大半天，甚至午饭都不回来吃了。

第二天一早七点钟，老蔫就准备出门了，慧英一看，也麻利地穿好衣服。老蔫前脚出门，后脚慧英就悄悄跟上了。

出门上街，过马路，穿公园，一拐弯就进了一个小区。老蔫一路身轻脚健，嘴里还哼着《希望的田野》。这让身后的慧英又是累又气。

到了一座二层楼前，老蔫扬了下头，脚一弹就上台阶，进大门，一个转身，就在慧英眼前消失了。

慧英又气又恼，在楼道里小心而急切地张望着。

慧英迈着忐忑的脚步试探着走上楼，正不知该往哪个门寻找的时候，一个清脆的女子的声音传了过来。

慧英寻声而至，顺着微开的门缝，她看见了一位着湖蓝裙装的妖艳女人正和白裤红衫的老蔫站在一起。

慧英心里一股火蹿了出来，胳膊一抬就要把门"咣"地推开。可还没等她把手挨到门就听见：

"这位就是散文集《老伴》的作者，也是荣获本次征文的最佳创作奖的张国强先生。"

"张国强？"这个名字抓住了慧英的耳朵。

"张国强"是老蔫上学时的名字，近四十年没人称呼了。

花白头发的老蔫，腰板挺直，双手捧着一个闪光的奖杯，从头到脚都显示出从未有过的自豪！

原来，新机场占地拆迁后，老蔫的村庄就整体入住楼房社区了。扛了几十年锄把子的老蔫，无意中走进了益民书屋，结交许多爱读书的朋友。不仅如此，他还参加了一个文学社，而且在文友的帮助下，一年的工夫竟写出了许多散文，并不断在国内国外的刊物上发表。

一个年过花甲的庄稼汉，如今在上楼后颐养天年的日子里，"出轨"重新拾起了青春年少时曾经拥有的"作家梦"。

谁在敲门

　　大年初一中午，在老家吃过饺子撂下筷子后我就和女儿逃也似的回到了北京。

　　这时年味正浓，而我们却辞别，这是之前从没有过的事。

　　湖北武汉发现病毒，这可不是小事！果然，很快就传来了"武汉封城"的消息。

　　两个多小时我们就进了家门，才落脚，沙发还没坐稳当，就听见门"当"地被敲响了。虽然声音不大，可以说很轻，却仿佛一声鞭炮在门口炸响，我的心不由得哆嗦了一下。

　　"谁?"我想这日子口还串门? 我轻轻走近门，眼睛放在猫眼上: 没人。

直到晚上出门扔垃圾，才发现门外贴着一张防病毒的通知。嘿，原来是居委会有人来过了。

　　第二天上午，大概十点，我和女儿正守着电视追偶像剧《下一站是幸福》。

　　"当"，门又被敲响了！

　　"谁?"我的神经又紧张了起来。没人吭声。我把眼睛放在猫眼处，没看见人。却发现门口有一瓶消毒液。

　　我悄悄打开门，左右一看，一梯四户的人家门口都有一瓶。

　　我想，应该是居委会送的。因为昨天他们发放的通知上就是说要注意消毒。

　　响应政府号召在家"隔离"，这是阻断病毒最有效的措施。

　　隔着窗户望去，以往车水马龙的街道此时静悄悄的。花园似的小区也看不见优哉游哉的人影了。

　　一天过去了，又一天过去。本来我们打算在老家过年，所以家里没准备什么蔬菜水果。

　　想出门去买，可感染人数正在上升！谁敢出门呀！

　　出门必须戴口罩手套！家里也没有。心里正踌躇着呢，"当"，门又被敲响了！

　　"谁?"我有些紧张地盯着门，心说，甭管是谁，我也不能开！

　　没人应声。我缓缓地靠近门，心里"扑通扑通"的。

　　借着猫眼往外看：没人。再看：还是没人。我下意识地往下看：看见门口走廊上放着两包白色的东西。

我叫过女儿，让她看。

"哎，妈，那是口罩和手套。"曾经在食药局上过班的女儿一下就认出来了。

她拉开门拿进来，"居委会工作还挺到位。"女儿称赞道。

我心里比女儿更感动。眼里都有些潮湿了。

我穿好衣服，戴上口罩手套，迅速朝门口的超市奔去。

以往琳琅满目摆在货架柜台上的水果蔬菜，此时竟像被秋风刮落一般，没有可抓挠的了。

看到此，我也不管啥爱吃不爱吃了，好看不好看了，货架上有啥就抓啥，三抓两抓装了一袋，付了钱就撒丫子跑回了家。

就这些菜，我算计着、凑合着，怎么吃也就三四天。而病毒感染者却在随着各地人流的返程一天天增加！

大年初八，本该上班的女儿接到单位通知，暂时不用上班。

"当"，家里的门又被谁敲响了！

"谁?！"我有些焦躁地大声问。

没人回答。我跨到门前，本想一下拉开门，对不速之客大吼一声：怎么这么不懂事！

可理智让我还是把眼睛放在了猫眼上。

没人。再看：没人。只听见电梯门缓缓地关上了。

我有些纳闷，下意识地把眼神落在了门口。

几片鲜绿色叶子正从一个鼓鼓囊囊的白色塑料袋里招摇出来。

"芹菜!"几天没看见青菜的我不由得惊喜地叫出了声。

女儿听见赶紧过来,拉开门也高兴得什么似的,"谁这么及时雨呀!"

左右看看,四家门口都如出一辙。

茄子、豆角、西红柿、芹菜,紫的、绿的、红的,不用吃,看着都舒坦。

我们的居委会,太棒了!我不等把一兜蔬菜放好,转身就抄起电话,按下了居委会的电话号码。

"什么?你们不知道?"

"消毒液、口罩、手套,也不是你们送的?"

"那一兜蔬菜呢?"

"也不是?"

居委会工作人员的回答让我有些沮丧。

那这都是谁干的呢?这样的事怎么也得弄清楚!到底这个事谁做的?他的目的是什么?其他还好说,这直接"入口"的蔬菜,到底能不能吃?!

我在小区微信群里,把我遇到的事以及想法发了上去。

原来我遇到的事和想法,业主们都有。不但如此,竟有比我先行一步的人报了警,而且很快有了结果:

是一个湖北武汉人!而且他就在我们小区!一说起他的车牌号,不但我知道,而且许多业主都见过!

张信，湖北武汉人，四十六岁，一家大型超市的老板。

春节期间本该大赚一把，他却关门谢客了，不仅如此而且将自己超市的许多商品无偿地捐献出来，并让职工分发给我们小区的业主以及周边环卫工人和执勤的工作人员。

父　亲

　　父亲突然脑梗让李响一下子蒙了。一座山忽地就成了"泥"。

　　入院治疗，三天下来，李响就有些受不住了。想起前几年向父亲借钱的事，李响心里就蹿出一团火：你不是说要自立吗？那就靠自己吧！

　　雇人！我不伺候啦！

　　李响这么想着，就有一个人出现了。

　　那是他下班来医院，一进门就见一陌生人正用吸管给躺在病床上的父亲喝水。

　　那人穿着褪了色的军装，脸皮黑红。一看就像农民。还好，看着还算干净。

"你是护工？"李响似乎很有把握。

那人不置可否。

"那你就留下伺候我爸。"李响心里窃喜。心说，想什么就来什么。

有了护工李响一下子轻松多了，想什么时候来一趟就来一趟，要是不愿来，打个电话招呼一声护工就行了。心说：想当年，我从树上摔下来，我妈给你打电话，你连回来都不回来！而今，这就不错了！

后来父亲出院回家，他问那个护工愿不愿来家里。那护工竟也一口答应了。

父亲自己有住房。李响也有自己的家。

有了护工在家伺候父亲，李响一家人都踏实。看父亲也许三天一次，也许五天一回。

"想当年，我和弟出了那么大的事，你也不是第一个出现的……"

可有一天无意中看电视剧《老有所依》，看到保姆打老人，才有些不安了。他决定暗查一下。

那天晚饭后大约九点钟，他悄悄来到父亲家门口拿出钥匙就打开了门。

客厅没人，走近卧室，传出嘀嘀咕咕的说话声。他有些纳闷：父亲许久不说话了。

他轻轻将门推开一条缝儿，只见护工一手拿着毛巾给父亲擦着脚，一边和父亲说话。躺在床上的父亲也似乎听懂了似的呜噜着。那护工说着说着还抬起袄袖擦擦眼睛。

这情景让李响更加心安理得了。"老头子，我够对得起你了。"

就这样过了大约半年，八十六岁的父亲还是走了。就在他拿着钱要给那位护工结清工资时，护工却不辞而别了。他心里一惊，心说：他不会趁家里没人，偷走父亲啥值钱的东西了吧？

可等在父亲住的屋里寻找很久，也没发现什么可疑之处。他倒是在父亲的皮箱里发现了一个发黄的信封，信里告诉他一件事，说当年他和弟弟出车祸时，他被救活，弟弟却走了……作为医生的父亲却把弟弟的心脏、肝、肾以及眼角膜都捐献并移植给了别人……

而这个多日来一直尽心伺候父亲的护工，就是当年接受眼角膜的孩子。

最幸运的人

一天，村里突然传来惊人的消息：村里有人中了大奖！

中了大奖！中了头等奖呢！说的人兴奋，听的人也激动地撑大了嘴巴瞪大了眼。

谁？谁？是谁这么有福气呀！

村东张旺，鼻直口方，一看就带福相，有可能。可问他，他人喘了一口气：我没那福气。

那就是村西刘福，天庭饱满，更是福气满满。可问他，他摇着头叹着气，一丝中大奖的样子也不带。

那有可能是村长他儿子，那也是长得一副好面相呢。可没人敢去问。为啥？你想呀，是则喜，不是呢……

可不久就有人说出了中大奖的名字，这名字不说则已，一说出来，上千口子的村庄没有不摇头的。

"袖珍人"张瞎子！那一出生就被亲爹亲娘抛弃、两岁时发烧瞎了两眼的苦命人。

可她，瘦弱矮小的"矬瞎子"，真就中奖了，而且是"金奖"！

中了大奖的张瞎子终于苦尽甘来有福可享了。人们的目光里既有羡慕也有嫉妒。金奖，自然是大奖，自然含"金"量不小！

一向无人问津的张瞎子家，一下热闹了起来。男的女的，老的少的，你来我往。可都是嚷嚷着去，摇着头回。

问谁，谁也说不出子丑寅卯。有些不甘心的，接二连三地去，甚至坐在张瞎子家里炕头上一句一句地问，耐心地等着她给个明确的答复：金奖，到底拿多少"金子"！

最终结果，还是有一个明眼人发现了张瞎子的秘密，屋子正北墙上端端正正悬挂着一张奖状：第一届"浩然文学"全国大赛"金奖"。

原来自幼被抛弃后由养父母抚养成人的她，在养父母细心的教育下，靠着微弱的"0.01"的视力，不仅上完了小学、中学，而且凭借坚强的意志，坚持读书写作。长篇小说《隐形的翅膀》，终获文学大奖。

非你莫属

    张明下了公交车，抬眼就看见了那座矗立在高空的大厦。看见大厦他的心就开始"怦怦"跳，这"跳"不仅意味着他心中的兴奋，也蕴含着担忧。其中担忧的成分更甚。

    张明迈着脚步向大厦走去，在大厦的大门口站住了脚。他掏出纸巾擦了擦脑门渗出的汗，稳了稳心神，这才走到写着"招聘"二字的门前，伸手轻轻地敲响了深棕色的门。

    "请进。"随着一声洪亮的声音，张明走进了宽大的办公室。

    张明一露面，端坐在老板台上的中年男人就皱起了眉头，还没等张明开口，就说，公司人员满额了。

    张明找工作，投简历，面世，早在大学三年级就开始了。

可投了简历之后，一应约面试，不等他开口，就告知名额刚刚满了。这已经不是第一次了，也不可能是最后一次。

张明需要工作，而且非常急需！他家在深山区，是靠好心人资助和贷款读完大学的。而今还贷还着落，母亲又病了。

回到租住地，张明把简历投给了一家中型企业。他想这样也许容易些，他作为一位名牌大学毕业生，虽然心里有些委屈，但能就业养活自己，还贷，挣下母亲的救命钱，是首要的。

按照那家招聘单位发来的地址，张明在一座写字楼的第九层，找到了那个单位。站在白色的办公室门前，他深一口气，之后气定神闲地敲响了那扇门。

办公室不算太大，一进门张明就看见了一位四十多岁非常干练的女人。

他一出现，那女人就皱起了眉。她看着张明，张明看着她。这次张明不打算开口了，只等着女人开口。她问，他就答。

张明是谁？专业是什么？在校成绩怎样？他张明投来的简历写得明白清楚。

但，张明又一次被拒了。女人一开口虽然婉转，但意思很明确。

今年张明改变了思路，不投简历了。而是上网搜那家企业，了解它，分析它，之后充分运用自己的专业知识，设定一系列方案，并制定实现目标所需要的策略。

月余下来，一切搞定，他拿起电话联系那家企业。接电话的正巧就是那家老板。他只听了张明对他企业情况的了解，就有些惊讶了。再听张明的分析，更是直接要求与张明见面了。但张明以疫情为由拒绝。

第二天，没等张明联系他，那位老板就主动联系张明了。口气和缓但又很难掩饰地要张明根据他们的现状提出一些建议。

张明长出了一口气，缓缓地但却一字一句地把自己的方案有所保留地说了说。

只这样，那位老板就很兴奋了，说立刻要请张明，要当面受教。但张明仍是以疫情为由推辞了。

从这一天开始，那家企业老板就开始了对张明的追逐。直到四月，企业复工复产，那位企业老板才见到了张明。

张明戴着口罩，被接到那家企业的大厦门前。大厦，张明不陌生，老板，张明也不陌生。

张明一露面，那老板就老朋友似的迎了过来。张明缓缓地摘下口罩。张明上唇那做过手术但仍清晰可见的疤痕，又一次展露在那位老板的面前。

老板笑了笑，"我们就是需要你，非你莫属！"

强者为王

　　王强打心里瞧不起小志，光听他的名字，就没多大出息。小志，小志，就连他父母，也没奢望他有多大出息。个小，腿细，胳膊棍儿似的，甭说打架，就是掰个腕子，弄不好都折了。

　　王强，甭看见人，一猜，就能猜出是个虎背熊腰的汉子。他俩人在一起，就是一只大老虎和一只小耗子。"闪开！靠边！"这话，不用想，就知道谁对谁说。

　　十二岁的小志身小胆小，自知惹不起，就只好躲着。可是他俩是同学，上学、放学，教室、操场还是躲不开的。

　　有一天课间，小志不小心把王强桌角的铅笔碰到地下了，

"啪！"铅笔尖儿应声而断。要不是小志捂着脑袋一个劲儿"对不起、对不起"连着声，王强举着的大拳头，不定把豆芽似的小志捶成啥样呢。

王强，胳膊根儿粗，全班同学没几个不怕的。何况他还有一帮小兄弟呢。暑假里，村里常有热闹，一般情况都是王强制造的。

七月的一天中午，村里热闹的有些不正常，不是跑啊追的嚷了，而是"救命救命"的呼喊！其间还有"淹死啦淹死啦"的哭叫声。

就在人们哭喊声中，只见一个瘦弱的身影飞似的落入池塘中，游泳健将般向那个举着手随时可能沉到水底的人冲去。

王强得救了。人们欢呼着。

小志低着头走出人群，而后轻松地甩了甩头，沾在发梢儿上的水珠，迎着太阳划出虹一样好看的光彩。

人 品

　　大志在村里很有名，之所以说他有名，是因为他大学毕业后，在大城市里晃荡一年没找到工作，又回到了村里。大学生虽然这些年村里出了不少，可回家的却只有他一个。

　　半年之后，一位看不下去的亲戚找到他，要他跟着去打工。为了减轻家里的负担，大志只好放下大学生的身架到了建筑工地。

　　大志的工资不高，可干的工作却很高，整天在高高的脚手架上忙碌。

　　这天大志有些累也有些烦，觉得自己很窝囊。他吃过晚饭后在工地附近溜达，想着散散心。走着走着无意间向停车场边上的绿油油的冬青树旁瞥了一眼，竟发现一个旧提箱。

他走过去看看，心说：还不错，怎么就扔了呢？于是提起来想着拿回去装个啥用。嘿，一提起来，竟感觉有些压手。顺手拉开拉锁，他竟吓得心"怦怦"乱跳！

满满一箱子百元大钞！

大志环顾四周，竟没发现一个人影。就是往日满满当当的车辆，此时也所剩无几了。

大志伸手赶紧把拉锁拉上，提起箱子快步走出了停车场，他没有向建筑工地走，也没有回宿舍，而是出了大门来到了车水马龙的大街上。前面不远处有霓虹灯在闪烁，右边是"中国建设银行"，对面是"北京银行"。

大志走过霓虹灯，走向一个十字路口，向闪着红蓝光芒的警务岗亭走去。

大志正与值班民警说明情况，忽然一个急匆匆的身影闯了进来。大志一看，来人不是别人，竟是自己工地的大老板。

"我、我的钱丢了！"一向气势威严的大老板此时一脸的惊慌，惊慌得语塞不说，额头上还挂着汗珠子。

原来大志捡的这箱子钱正是大老板今天从银行里取回的。他回到工地停车场接到一个电话，一着急电话一挂拉开车门走了，把从后备厢提出的箱子竟给忘了。

"给！"老板看着一箱子钱失而复得，激动地拿出一沓钱塞给大志。大志愣怔了一下。

"太感谢你了！"老板以为大志嫌少，另一手又抄起一沓。

"不、不，我不要。"大志红着脸。

"你是……"大老板拿着钱盯着大志的脸。

"我、我是第三项目部的。"本就有些惧怕老板的大志，此时被大老板这么一盯，心"咚咚"地剧烈跳动了起来。

"你回去把行李收拾收拾。"第二天上午，大志刚到工地开始工作，项目经理就过来了。

"咯噔"，大志心里一抖，感觉有些不好。

"给，这个月的工资。"还没到宿舍经理就递过来一个牛皮纸信封。

"我……我……"大志语塞了，有些不知所措。

"你收拾完后，带着行李到办公楼人事科。"

"你小子，行呀！"项目经理对着大志露出了平日里很少见到的笑容。

"你，就是刘大志？"一到人事科，大志就看出了那科长目光里的惊异。

"工程质量巡查员。"大志被总经理火箭提拔，从一名靠汗水吃饭的最底层的农民工，晋升为用良心监察工程质量的管理者。

倔强的女人

"噼叭！叮咣！"门外大街上突然传来震人心弦的鞭炮声。

"张强妈给你道喜了！""张大姐给你道喜了！"

"同喜！同喜！"

一阵鞭响过后，一串串熟悉的说笑声，从门缝儿钻了进来。

"给张强妈道喜?！"我放下手中的笔，站起身，疑惑地打开院门。原来今天是张强娶媳妇的大喜日子。张强结婚是喜事，更是张强妈的大喜事。

这话要从九年前的那天晚上说起。那天我正在屋里看电视剧，突然听到门外传来低低的哭泣声，我有些疑惑地站起身。

小心地把耳朵贴到门边，用眼睛的余光向外扫。是位女人，低着头，揉着眼睛，头发乱糟糟的，身子佝偻着，挂着一根木棍子立在门外，越发可怜了。

"你是……？"我心里有些发毛。

那女人慢慢抬起头，眼睛深陷，目光呆滞，满脸泪痕。在这凄冷的月光下面对此景，我不由得打了一个寒战。

"您是……张强妈？"仔细端详后，我认出了这女人的模样。

张强家与我同住一条街，是街对面的邻居。可因为是两个的队的人，接触少，所以话不多。

有一次我在街上哄女儿玩，张强家正修房顶。

他妈在房上抹，他爸在底下和灰，然后将灰往房顶上扔。和灰的不慌不忙，弯腰用锹铲两下，就直一次身；一手拄着锹，一手用两指夹着烟卷；一边用嘴嗫着，一边用眼趸摸着行人。

"哟，王二叔遛鸟呢。""许婶儿买菜去。"张强爸不住的同过往的街坊打着招呼，偶尔还侃上几句。

"快点和！"房顶上的张强妈冲着侃得正欢的张强爸发急地喊了起来。张强爸又狠嗫了两口烟，把烟放在嘴角，弯下腰极不情愿地铲动着灰土。

"腾！腾！腾！"只见张强妈顺着梯子从房顶下来，劈手夺过张强爸手里的铁锹。"一边待着去！"说着使劲瞪了一眼张强爸，这位身子单薄，只会上下班，不愿干任何家务的，有点窝囊懒惰的丈夫。

"嚓！嚓！嚓！"只见她塌下腰，双手紧握铁锹，使劲翻动着灰土。铲两下扣一下，强壮的腰身时起时落。她直起身，将锹往灰土上一戳！仰起脸，甩了一下乌黑的短发。

我这时才看清，张强妈是个比大我六七岁，大概有三十五六岁的样子。她那挂着汗珠的脸，白里透红，一双还算漂亮的杏核眼，流露出一种平常女人很少见的眼神，好像是她这个年龄不该有的，可我又说不清的一种眼神——刚毅。

只见她用袖口抹了抹脸上的汗，身子一弯，拎起水桶，大步走进院子，又很快拎回满满一桶水，"哗"倒进灰土坑里。放下桶，抄起锹，"嚓！嚓！嚓！"麻利地和起了灰。

只见她铲了两下和好的泥，放在一起，用劲一铲，肩膀一抖，胳膊一抡，"嗖！"一锹泥就甩上了两三米高的房顶。她用急快的速度，"嗖！嗖！嗖！"很快把那堆刚和好的泥大部分甩到了房顶，一个转身将铁锹递给愣在一边的张强爸，说：

"好了，接着往上扔吧。"

她侧身伸手蹬上梯子，"腾！腾！腾！"又爬回了房顶，抄起灰抹子，蹲下身，三下五除二地抹起房顶来。

可是没过多久，就传来不好的消息："张强妈让大货车给撞了！"

"哎哟！是吗？！"

"可惨了！撞出十几米呢！"

"人怎样了？！"

"送医院了，人够呛……"

"听说司机还跑了？"

"可不是，真缺德呀。"街坊们发出一声声或气愤或同情的声音。

张强妈在医院昏迷了二十多天，竟睁开了眼！"回家养着吧，病人也就这样了。"医生说。

"还能站起来吗？还能干家务吗？还能……"张强爸噙着眼泪，满怀希望的、低声问医生。

医生侧过脸，看了一眼面前的男人，皱了皱眉，打断了张强爸："这已是很不错的结果了！比我们预测的好多了！"

张强妈出院了，街坊们走进她家。

推开紧关着的大门，"咣当"，不知谁不小心碰着了院中倒地的土簸箕；屋檐下一棵高大的夹竹桃，在盛开的时节，却打起了蔫；许多粉红的花蕾和翠绿的枝叶，撒满了零乱的院子。

掀开里屋的门帘，一股呛人的烟气扑了出来。昏暗的灯光下，张强爸怀里抱着两岁的小儿子，坐在沙发上，面前的烟灰缸堆得满满的，屋内烟雾缭绕。

"哟，还没吃饭呢？"看见茶几上摆放着的一袋馒头、一盘白菜，许婶儿问。

耷拉着脑袋正闷头抽烟的张强爸，听到声音，抬起头，看见这么多人进了屋，有些发蒙。"这……这……你们快坐……快坐！"他慌忙站起身，不知说什么好。

躺在被窝里的张强妈，听见动静，慢慢睁开她那臃肿的眼睛，微微抬起头，看见了进屋来的街坊，泪水一下涌了眼眶。

"别急！别着急！你会好的。"街坊们急忙上前安慰她。"谁家过日子都会赶上事的。""可不是，谁家过日子也不会一帆风顺的。""日子再难也总会过去的。"

"哎，你那么能干，肯定会好起来的。"街坊们嘴上安慰着，可心里却都很难过。摇着头，叹着气，"这日子往后可怎么过呀！"

"唉！这日子难呀！"

"可不是，大儿子张强才十二。"

"慢慢地熬吧！"

谁也没想到，半年后，张强妈竟拄着棍子站到了门口。"大姐，你……你走出来了?！"面对着张强妈，我真有些不相信了。

"我……我能走了！"她口齿有些含混地答着，挂着泪珠的脸上升起了一丝笑容。

"快……快进来！"我急忙去拉她的手，扶着她往里让。"不……不进去啦。"她连连摇头。

"大姐，有事找我?"素无来往的张强妈此时而至，我想一定有事需要帮忙。

"我……我……是……"紧张的她越发表达不清了。"大姐，慢慢说，有事您甭客气。"我赶忙安慰她。

"张强……他……他学费……"她终于表明了来意，不好意思地低下了头。借钱！我心里一沉，打了一个愣。想了想，我觉得还是应该借给她。就问：

"学费用多少？"她慢慢抬起头，"三……三百。"她瞟了我一眼，又难为情地低下了头。

　　"大姐您等着，我进去拿。"我一转身走进了屋。"给，三百够吗？"我拿出钱放在那正打着哆嗦的手里。

　　"谢……谢谢！"她连连点头。苍白的脸上也发起了一层红晕。"大姐，这没什么。街里街坊的谁不帮谁呀！"我安慰着红着脸的张强妈。"好……好人呢！"望着她那一瘸一拐地渐渐消失在夜幕下的背影，我心里酸酸的。

　　十年过去了，张强妈不仅把身体恢复了，还把两个儿子抚养的了，小儿子上了中学，大儿子张强，今天还娶上了媳妇。

公开招聘

李实没拿到大学毕业证时就开始应聘了。网上公开招聘的信息可不少，快递员、服务员随时招随时上岗。政府机关的公务员，也每年都有公开招聘。

大学本科再怎么也得应聘个公务员，哪怕低一级的政府呢。

第一次到市政府应聘，笔试不错，过了，通知他三天后面试。李实心里挺美，挂了电话就上街置办面试的衣服去了。衣服一上身，人立马精神了起来。

可面试，李实没过。虽然心里不爽，但他也没泄气。

第二年，李实到区政府应聘，笔试不错，又顺利地通过了。十五天后接到通知，让他三天后面试。李实心里仍是美滋滋的。

三天后，李实把那套衣服一穿，就哼着小曲来到了区政府大楼。那样子仿佛心仪的铁饭碗到手一般。

可李实又失望了。这会儿他有些失落了。

第三年，不服气的李实又来了，这回降低了标准，应聘的职位是镇政府的民政局的一个小科员。

"省大学本科呀！"李实都为自己叫屈。

笔试，理所当然地过了，面试的通知也在三天前接到了。李实这次虽然为自己叫屈，但仍是希望能入职。老家父母供自己上学不容易啊……

李实在通往镇政府的人行道上走着，迎面走过来一位挥着笤帚的老人，花白的头发，橘黄色的工装，这多像老家的爹呀……

正想着，老人竟抱着一把笤帚倒在地上了！李实吓了一跳，急忙蹲下身叫着老人。一看没有反应，就赶紧掏出手机拨了120，随后还脱下身上的衣服给老人盖在身上。

救护车大约二十分钟才来。医生把老人抬上了车。李实刚要离开，却被医生拦住了，非要他留下电话，李实只好照办。否则根本甭想离开。

面试时间已经过去半个小时了。李实很沮丧，心说，这次又告吹了。李实没进镇政府的大门，就扭头回家了。

"倒霉呀……"

他刚到家，手机就响了：一个陌生电话！李实心说"不好"。可一个非常和气的声音一下减缓了他心跳的速度。

"您是李实吧？明天请您九点钟到镇民政科报到。"

原来，那位摔倒的"环卫工"是镇政府派下的便衣，正暗访呢。

木匠老五

　　大年初六，张三就扛着被卷出门了。一出门，就冲临街院门里一吆喝："老五，打工去！"

　　"嘿嘿。"正拿着大锯满头是汗的老五，一龇牙算是打了招呼。其实张三只是逗逗老五，心说，你除了傻乐还能干什么呀。

　　前几年，五十多岁的老五也出去打工，说是到北京的建筑工地干木工，可一年下来，除了吃饭，还差点回不来，为啥？没钱买车票！

　　"老五，走呀，跟我去挣大钱。"开着小汽车回家的李四，故意把车停在老五家门口。

"嘿嘿。"拿着斧子满头是汗的老五，又是一龇牙，算打了招呼。老五和李四是光着屁股长大，按说挣了"大钱"的李四该帮帮老五。可老五是这几年村里公认的"一根筋"，所以李四也就是逗逗乐。

"老五，你出去打打工吧！"几亩地，再怎么上心，除了吃喝、孩子的学费，也剩不下几个钱。老五媳妇实在觉得憋屈。

"嘿嘿。"正用砂纸打磨木条的老五对着满脸愁容的媳妇，也是一龇牙。

老五终于出门了。媳妇心里一乐，心说"一根筋开窍了"。

可没俩月，回来了，而且空着手。回来之后，就扎进堆着工具、木板子的西屋，起早恋晚地"刺刺啦啦"。

之后一个月，又出家门走了，而且又是一个多月，又是空手而归。回家后，又是扎进西屋，又是没日没夜"刺刺啦啦"。

"家里有人吗？"一个北京口音传进老五家。

"王敬贤！"没等开门的老五反应过来，来人就伸出了双手，而且还涌进了电视台的记者。

"天坛祈年殿"，一件精美绝伦的木雕艺术品，一下子震惊了村庄，而且震惊了非物质文化遗产博览会。

女儿的婚事

　　凤琴的女儿二十岁还不足就开始谈恋爱了。凤琴很支持。心说，我的女儿可不能像自己当初那样听爹妈的安排，只见一面就嫁了。

　　可女儿只谈了两三个月就与那对象吹了，说他不够浪漫。吹了也好，反正女儿还小，有大把的时间可以选择。

　　很快女儿又交了男朋友，人帅气而且富有。女儿高兴，凤琴满意，不足半年女儿就羞答答地说要结婚。

　　"行。"凤琴很痛快。女儿的婚姻女儿做主，她要给予自由。凤琴没有干预女儿。

　　可是风光的婚事还没过去半年，女儿就哭着说，不跟他过了！说他情人节没有再给她买"蓝色妖姬"。

婚姻自由，女儿的婚姻当然女儿做主。凤琴给予充分自由。

两年还不到，漂亮的女儿又找到了帅气高大的男朋友，两人牵着手出双入对，这让为女儿揪着心的凤琴又快乐了起来。

"这回女儿是选对了。"结婚日子很快就到了。女儿又成了美丽的新娘。

日子一天天过着，一年后，女儿有了孩子。可还没等凤琴高兴劲儿过去，女儿就抱着六个月的小外孙回家不走了。女儿说他哄孩子、做饭全不做。

"我要离婚！"女儿说得很坚决。

离就离，女儿的婚姻，女儿做主。凤琴支持。女儿怎么能受委屈呢？

看着带着孩子的女儿，凤琴心里时常发愣：这么漂亮的女儿为啥这么不幸呢？

女儿的第三次婚姻，不是女儿自己"自由"的，是凤琴自己为女儿选择的。他比女儿大，个头不高，眼睛不大，是单位同事的儿子，是位公安干警，他父亲也是，可父亲在他十二岁时因公殉职了。

一年后，女儿嫁过去了。为女儿担着心的凤琴，终于舒心了，因为她从女儿的脸上看到了幸福的光彩。女儿说，他对母亲很孝顺，对自己和孩子也很好。

被 子

　　吃过晚饭，收拾停当，我走出家门，拐弯一溜达就到了老妈家。推开虚掩着的屋门，静悄悄的。

　　"唉——"里屋传来一声叹息。我放轻脚步，伸头一瞅：老妈在床边弯着腰，低着头，正忙着什么。一缕白发从头顶披散下来，遮花了老妈的半个脸，遮花了老妈悬在鼻梁上的老花镜。老妈很投入，好像干着什么要紧的事，专心得连我进门也没理会。

　　"妈，您干吗呢？"我紧走几步进了屋。

　　老妈愣了一下，仰起脸，撩了一下挡着眼睛的白发。"哟？你呀！"

"唉，今儿一早我把被子拆了，想着过晌做上。就这么点儿活儿，愣鼓捣一天，也没弄完。"老妈手扶着弯着的腰，直了直。

"妈，我来。"我赶忙接过老妈手里的针线，心里有些异样的感觉。

"成！"老妈闪开身子，顺势往后一褪，靠坐在了沙发上。"你绗，我给你纫针。"老妈在沙发上还没坐稳，手就抄起了撂在一边的线团儿。还不好意思地冲我笑了笑。

"先前儿，这哪儿叫活儿呀！清早儿上地前儿，拎出被子拆巴拆吧，洗巴洗巴，往绳子上一搭，晌午收工抽空儿，抻巴抻巴，绗巴绗巴，眨眼的工夫，就做上。拆洗被子，也就是个忙里偷闲插缝儿的活儿！"老妈的话音儿脆脆的，眼里亮亮的，那劲儿透着自豪。

"唉！你说现在，怎么干点儿活儿，头晕眼花不说，腰还一个劲儿地又酸又疼。这不成废物了吗？"老妈伸出手，攥成拳头，一边使劲捶着她那还没伸直的腰，一边自顾自地唠叨着，那声调充满了无奈和悲哀。

"唉，往后这被子就不老拆了，忒费事儿。"老妈一手捏着针，一手捏着线，手指在嘴角儿抹一下，捻一下，而后双手高举过头顶，纵着眉，眯着眼，抿着嘴，执着线头儿，对着灯，瞄着……瞄着……

我低头绗着，眼睛一直盯着被子。眼角处瞥见的情景，让我心痛得不敢抬头。

被子，谁家没有被子？谁没盖过被子？我们这几十口的大家庭，有多少被子，多少次从年过八十的老妈手中走过呀！

被老妈称作"偷闲插缝儿"的活儿，老妈一做，就是大半个多世纪！从十七岁嫁给父亲开始，先为公公婆婆父亲做，尔后为儿子女儿孙子做，现而今八十了，还要"逞强"藏着掖着为自己做，老妈以为自己还是当年那个把公婆爹妈养老送终的、把七个儿女抚养成人的、手脚麻利的、万事不求人的自己呢。

哥哥找的保姆，她不用。"我自己能成。不就是洗洗涮涮，弄点儿吃儿吗？干了一辈子了，有什么呀。"其实，她是舍不得钱！觉得儿女挣点儿钱不容易，六百多块给了人，实在是心疼！自己贴补儿女点儿，能多少帮衬帮衬个人，自己心里才踏实。要整天拖累人，成了包袱，那怎么落忍，那怎么成呀！

老妈年岁大了，我们都很孝顺。今儿个姐姐陪着老妈逛公园，明儿个妹妹请老妈到饭店。老妈住着高楼，坐着沙发，嗑着瓜子，品着小吃，看着大彩电；三九天儿冻不着，三伏天儿热不着；今儿个我进屋，明儿个他过门，老妈总是被说声笑声围绕着。老妈快乐着，幸福着；我们也因孝顺着，快乐着，骄傲着。

而今，一床被子却让我……

老妈八十了！被子不知盖了多少床，拆洗过多少回，作为女儿的你，四十多岁的你，却……

"你说，好模样儿的胳膊腿儿，怎么就不听使唤了呢？……"坐在沙发的老妈不停地嘀咕着唠叨着。像是为自己给人添乱开脱，又像是对自己的"笨拙"找答案。

妈妈，您别说了！满眼的泪水，已让我无法看清被面上的花花朵朵。内心隐隐的痛让我的手不住地抖。刺溜儿，手指被针重重地扎了一下。我不由得吸了口气儿。

"扎手了？"老妈欠了欠身，要站起来。

"没事！没事！"我紧着说。大颗的泪珠从眼眶里滑了出来，掉在了被子上，泅湿了被面上的花朵。

"这是怎么说的。唉，真是……"老妈那轻摇着的白发，微蹙着的眉头，一副无限自责的样子，更让泪眼蒙眬的我无地自容。

被子好不容易做好了，我轻轻为老妈铺在床上。

"累了吧！往后来点儿，我给你捶两下。"老妈有些讨好地说。

"妈——"我终于控制不住了！转身将老妈紧紧搂在怀里！像搂着自己的女儿。满眼的泪水终于冲出眼眶，流得一塌糊涂。

孝子贤孙

　　老张娶媳妇时，还是不足二十岁。那时他年轻，身体壮得小牛犊子似的。结婚四年就一连气给家族添了三个男丁！

　　清朝末期，老张家在村里是个大户，家族人口众多，家财万贯这都不新鲜，就私塾先生，四村八庄就没有比得了的！白花花的银子，一请教书先生，就是两位。老张家的子孙知书懂礼，热心善良，"孝子贤孙"可不是自己说出来的，而是方圆百里的乡亲口口相传的。

　　而今，老张的三个儿子更是有出息，英国定居的，美国助教的。就连最小的也到加拿大做生意去了。五年前，儿子们要接他们出国，英国、美国、加拿大随便挑。他摇头，老伴也摆手，夫妻俩哪儿也不去。于是儿子们就在北京二环路边上给老两口买了一套大房子。房子楼层高，客厅宽敞，卧室明亮，这都不说。最让他们高兴的是站在屋里就能看见天安门！这还不算，还花钱找了个人给他们做饭洗衣。"爸妈，您二老没事就让她陪着您出去转。打个车，故宫、天坛、香山、颐和园，想去哪儿就去哪儿，甭算计钱，您儿子能挣！"

大儿子回英国了。二儿子回美国了。老三也回加拿大了。果然，正像儿子们说的那样，印着外国字的汇款单，隔一段时间就有一张飞到老张的手里。

老张家有好儿子，日子好过，甭说老家的街坊四邻羡慕，就是在北京也让人刮目相看。

腊月初七，老张携着老伴小李，到物美超市转悠，绿豆、红豆、莲子、山药豆、核桃仁、花生仁、小米、大米、江米、小枣，花花绿绿买了一大兜子。回到家又一样一样用水洗，而后又一样一碗地泡好。明天是腊八，是中国人的腊八节。在老家，这一天家家户户都起得早早的去井台"抢"水！老人们说，水抢得越早，日子就越好过。而腊八粥，也是谁家的香味飘得越早，日子就越红火。腊八节除了抢水、熬粥，还有包饺子。"吃饺子，不冻耳朵；不吃饺子，冻掉耳朵。"日子好过那会儿包顿饺子不算什么，可在1960年那可是件难事。可再难，腊八饺子也得包。剥一把花生豆，放在锅里添把柴火炒炒，放在案板上，拿起擀面杖擀碎了。地里拔棵白菜洗净剁碎，撒把盐就是饺子馅。馅好了，饺子面呢？那会儿老家种的麦子不少，大片大片的。可种麦子的人，吃不着多少，大量的麦子都交国家了！交完公粮，接着交余粮，那叫"爱国粮"！爱国，谁不积极？白面少就掺细棒子面，饺子面一样做。家人一凑，擀皮的、包饺子的，烧火、砸蒜的，要不了半个小时，"双面"素馅饺就热气腾腾出锅了。

腊八的一早，四点，老张醒了，但他没动。水，不用"抢"了。自来水，什么时候都一样。老张的老伴醒了，穿上衣服去了厨房。端锅、接水、发豆儿，开始熬粥。伺候他们的桂珍也起来了，"大娘，我来，您回屋歇着吧。"

桂珍是儿子特意为他们找的。桂珍是他们的老乡，家都在山东。而且老家的两个村距离不过百十里地。生活习惯相近，说话的声音亲切。四十四岁的桂珍爱说话、爱干净，性格也大方开朗。她有两个儿子。一年里双喜，大儿子娶媳妇成家，小儿子考上了大学。小儿子的学校在大城市，花销大，家里十几亩地的收成根本不够他用。为了供小儿子，她只能离家出来挣钱了。十几亩地也只能孩子他爹自己种了。

不足六点，腊八粥的香味，就在房间里弥漫了。

桂珍拿着勺子用三只小花碗儿把粥盛上，端进餐厅。老张和老伴坐在桌边，望着弥漫着香味的腊八粥，许久许久……

腊月二十三，是中国人的小年。老张牵着老伴的手来到家门口的超市。在糖果区挑了包关东糖，在生肉区称了猪肉馅，还称了羊肉馅。老大吃猪肉，老二吃羊肉，老三这几年吃素。那次吃饺子就猪肉、羊肉、鸡蛋韭菜，包了三样。三个儿子都嚷着好吃，吃得他们都舍不得撂筷子！那几个孙子孙女见着那又脆又甜的关东糖，那个稀罕！

唉，想想那个日子，已经五年了……

桂珍的电话响了。桂珍的娘又来催桂珍回家了。桂珍的娘比老张大两岁，也奔八十了。老张和老伴近几年身体总是不舒服，不是腰疼就是腿疼，血压、心脏也不正常。桂珍，他们是离不开了。不要说洗衣做饭，就是走路也不稳当。桂珍真是个好孩子，比他们的孩子还好！不光把屋子收拾得干净利索，就是自己和老伴也被她里里外外伺候得舒心又舒服。桂珍两年没回家过年了。老张心里明白：儿女想娘，娘也想儿女，回家天经地义。可老张不敢想如果桂珍回家，他和老伴的日子怎么过……

"大伯，我不回家。"桂珍说着头一低进了厨房。

老张眼圈红了。

年三十晚上，老张和老伴没等央视春节晚会结束就搀扶着进了卧室。桂珍也是没等新年钟声响起就上床睡觉了。

大年初一，老张的老伴就病了，而且病得不轻。桂珍急急火火地叫来救护车。120呼啸着把老张的老伴送进了医院，紧跟着就进了ICU危重病房。

老妈病了，儿子们回来了！从英国、从美国、从加拿大打着飞机回来了。可老张的老伴却走了。尽管老张紧紧握着老伴的手，也没能拉住她……

儿子们拿出二十多万元，在一家星级公墓给养育他们的母亲买了一座很气派的墓穴。汉白玉的墓碑高大，闪闪发光的金字耀眼。

老大走了，回他的英国去了。老二走了，也回他美国的家了。老三是最后走的，走那天在楼门口拉着老张的手，眼泪汪汪的，"爸爸，好好保重身体……"

一个月过去了，老大来电话，"爸爸，身体还好吧？""好。还行。"老张回答。

半年过去了，老二寄来了汇款单。

老三一直没来电话问他身体，也没寄汇款单给他。"生意不好做，准是忙坏了。"老张想。

老伴是正月十五那天走的。老伴还没走一年，一进腊月老张也病了。高血压、心脏病折磨着他。桂珍扶着他走进医院。医生一看，立马开了住院单。老张一住院，桂珍就忙开了。家里、病房两头忙。白天家里洗衣做饭，夜晚陪床伺候。老张很是心疼，张罗着找个护工。可桂珍不同意，她说："不用，自己身体好，忙得过来。"其实她是真心疼老张，怕护工伺候不到。

桂珍来老张家是一个亲戚介绍的。桂珍做事要强，做任何事都抢着上，事不做可以，要做就做到最好！老张家知书达理在老家出名，仨儿子有出息有能耐，在老家没人不羡慕。给老张家支使，她不觉得丢人，反而觉得脸上有光！老张病房一住就半个多月，洗衣、洗脚、擦身、送饭，一天下来，她不嫌烦，不说累，这还不算，得空还陪老张聊天逗笑。她想娘，娘想她，老张能不想儿子吗？不能让他想，他一愣神，眼里就溢满了泪……

老张病稍好，就张罗着出院。医生拗不过，就开了许多药嘱咐桂珍："这药你爸早上服，这胶囊，一天三次……"桂珍拿着小本一条一条记下。出院的前一天，桂珍把老张家的屋里屋外收拾一新，还到花店买了盆花儿，进门客厅一摆，红瓷盆、高枝、绿叶、红花——"红运当头"一看就喜兴！而后还点燃了一支茉莉花香，这可是老张和老伴都喜欢的。

老张出院了，一进小区就有街坊迎上来："爷俩回来了。你爸的病好了？"老张笑着点头，桂珍笑着答话："谢谢！让您惦记着。"

来到家门，桂珍拿出钥匙开门，老张刚迈进一条腿眼圈就红了……

腊月二十九那天，桂珍打电话给小儿子，让他明天到北京来。大年三十，桂珍包完饺子后，就到超市买了挂大红鞭炮。天擦黑门铃响了。儿子一进门，老张一愣，桂珍欢快地说："儿子快给爷爷拜年！"儿子先是一愣，而后像明白了什么似的，双腿一跪："爷爷新年好！"此时的老张好像也明白了什么，"好！好！好！"一连应了三个好。

年三十的饺子老张吃得很香，央视的春节晚会老张看得很开心。新年的钟声就要敲响了，桂珍招呼着儿子："快拿着大红鞭下楼，放炮仗去！"儿子拎着炮仗出门下楼了，桂珍扶着再有一个月就八十岁的老张走近宽大的玻璃窗。"爷爷！爷爷看这儿！"桂珍的儿子冲着大玻璃窗喊着，而且使劲舞动胳膊。老张看见了，脸上露出了许久未有的笑容，同时也把双手举起来摇……

老张又住院了，那天是正月初六，是去年老张的老伴在ICU正在抢救的日子。医生找到桂珍，问她："老人家里除了你还有没有亲人？""怎会没有呢？"桂珍一听这话就急了。"人家仨儿呢！都在英国、美国、加拿大定居了，能耐可大了！孙子孙女六七个，怎么能说没有亲人呢？""联系他们，让他们回来吧。"医生看了看病床上的老张，摇了摇头。

病床上的老张，如同一堆稀泥，软得拿不起个儿。甭说翻身，就是抬抬胳膊，动动腿都费劲。甚至撩开眼皮也懒得使劲。他的眼一直眯缝着，不知道的人以为他睡了，其实他醒着，病房里发生的事他都知道，特别是刚才医生和桂珍的对话。

桂珍回家做饭了，老张把医生叫到跟前，悄悄地说着话，医生拿着笔一直在纸上写着。临了还把那张纸装进了一个信封。

正月十六，元宵节刚过，病床上的老张停止了呼吸。这一天离老张八十岁生日——二月二龙抬头的日子，只差十二天。

老张走了，在老伴走后的一年零十天的日子。

儿子们回来了。他们把生身之父送到了生身之母身边，安葬在豪华的公墓里，完成了作为人子的"养老送终"的任务。

桂珍就要回家了。临走前，她拿出一个信封递给老张在英国的大儿子，"大哥，这是医院的大夫让我转交给您的。说是大伯留下的。"

老张在美国的二儿子手快，没等大哥接手就把信捏在了手里，"快看看，咱爸给咱留啥话了。"

　老三的儿子，老张的孙子更是手快，信抢到手里就撕开了，本来是张着大嘴准备大声宣读的，可一屋子的人都只见其嘴，不闻其声。"怎么了？怎么了？"众人围拢过来：一张病历纸，一行清晰字，一个再熟悉不过的签名。仿佛一个惊雷，把一屋子人震傻了。

　"我所有的财产，全部赠予女儿张桂珍。赠予人：李德贵。2012 年正月初八。"

又到重阳节

重阳节，慧敏、慧英、慧琴、慧荣姐妹四个约好回娘家。

八十八岁的老妈，看见闺女们买这么多东西，说道："干吗买东西呀？"嗔怪中还带着那么一点甜蜜。

"快做水刷茶杯。"尽管保姆大姐早已把茶沏好，老妈仍是一副着急的口气。

慧英的家离娘家不远，慧敏居住的小区也还行，她们回趟家走也就二十几分钟。慧琴、慧荣离娘家远些，开车一脚油门，十几分钟也到了。

平时碰面不太容易。这不一见面就叽叽喳喳聊开了。一旁的老妈一个劲儿地推茶杯，"喝水喝水"，打断话题。

"妈，您放一边吧，我们不渴。"慧英扭脸对老妈说了一句，而后转过头接着聊。

老妈欠起身，有些吃力地从沙发上站起来，扶着四个腿的助力器"嚓嚓"地走进厨房，"多炒几个菜。"尽管保姆大姐已经把一盘一盘的菜摆满了厨房的台面，老妈仍是怕慢待了闺女们。

"老太太放心吧！"保姆大姐的口气里带出一丝不耐烦，"真是唠叨。"

"吃这个！""拨这个！""多吃点这个！"姐妹饭桌子上一围，老妈就更忙活了。自己不摅菜，净盯着闺女们，举着这个盘子，端着那个菜，自己碗里除了白米饭，啥都没有。就是自己碗里的米饭，也一个劲儿地端起来又放下地往闺女们的碗里拨，嘴里一个劲儿地唠叨着："我吃不了，吃不了。"其实平时老妈和保姆大姐吃饭时，每次比这碗饭多很多。

"妈，您这是干什么呀！我减肥呢！"老闺女慧荣有些不耐烦，因为老妈把自己的半碗饭拨进了她的碗里。

饭后，铺上麻将布，姐妹开始打麻将。

"喝点水再玩。"姐妹刚坐定，老妈就把一杯杯热茶端到了麻将桌上。

"妈，您睡觉去吧。"大闺女慧敏说。

"我不困。"说着话，老妈就顺手拿起一根香蕉，把皮捌开一半，放在一边，接着又拿起一根，又把皮捌一半，捌了四根后，一根根举到慧敏、慧英、慧琴、慧荣四个闺女面前。

"妈，您歇手吧。"姐妹四个顾不得看老妈一眼，接过香蕉就放到了一边。

老妈回到了沙发上，拿起一个最大的红苹果，拿起水果刀，很麻利地削出长长的一条苹果皮，之后，把苹果用刀子对着果盘切成一块块的，拿过牙签盒，把一根根的牙签插在一块一块的苹果上，站起身，不管不顾地往麻将桌上一蹾，"先吃水果！"

"妈——睡觉去吧。"麻将打得正热闹的闺女们，几乎同时出口。

今天又重阳节了，可那个催吃、催喝、麻将桌上搅局的老妈，慧敏、慧英、慧琴、慧荣却再也找不到了……

妈妈听话了

我们姐妹几个离娘家近，隔不了两三天就回去一趟。陪老妈吃过午饭，睡过午觉，之后还陪老妈打了一圈麻将。临近五点，我们该回家做饭了。

刚站起来，老妈就泪眼汪汪了，"再待会儿……再待会儿……"

我们只得把站起来的身子，又放在沙发上。最后，实在该回家了，老妈又是扶着门框，"明天还来……别把我忘了……"

每次老妈都是这样，让我们离开时眼里湿湿的……

就是这样，也保不准一早，老妈的电话就来了，"我想你了，过来吧。"声音里还免不了哭腔。

昨天刚回的娘家，今早，老妈又是这样，好像你多久没回去似的。

孙女忙着送到幼儿园，屋子也顾不上收拾了，骑上车子就回了娘家。听了老妈那可怜巴巴的声音谁能不动心呢？让老妈舒心，这是"孝顺"的原则。

那次去外地当文学作品大赛评委，去了十天。结果老妈每天都要打电话，让我整天心里都不安。

老妈年近九十，家里雇了一个保姆。本想着有人伺候老妈、陪着老妈，我们都能过踏实日子。十几年来，老妈总是提出各种借口，不满意，换了一个又一个。

直到三年前，家里雇了这位五十多岁、嘴灵巧、手麻利的大姐，我们的日子才开始踏实了。

"给他们打电话！"

"阿姨，不急、不急。您有我陪着呢。"

"我想他们……"

"阿姨，您的闺女、儿子都有家、都忙，您有我呢。"

说着笑着，就把情绪激动的老妈安抚好了。

现在老妈听话了。娘家，我们来去自由，老妈不但不哭了，还说："你们忙你们的，有工夫再来。"甭说三五天不过去，就是我们出门旅游十天半月的，老妈也不再打电话了。甚至对着拿着礼物回家的我们说着"谢谢"。

保姆大姐过年要回家，老妈却哭得泪人似的，拉着人家要跟着回家。

犟老爸

王强兄弟四个，每年回老家一次，都是过年。

国庆节回家是突发奇想的，因为每次都是兄弟四个约好一起去旅游景区赏美景的。

电话一联系，王强就和仨兄弟从四个城市上了高速路，吹着口哨哼着歌曲，带着花枝招展的媳妇、讲究时髦的儿子闺女，一路欢歌就到了老家。

可进了村，并没见城市般的张灯结彩，街上几乎见不到人，就算见到，也是灰头土脸的。

等他们前后脚把车子开到家门，看见的不是老爸老妈，而是大门上一把生了锈的大铁锁。

"你爸和你娘在地里掰棒子呢。"街坊婶子一边剥着玉米棒子一边大声地说。

王强们一听，心里就烦了，车上的媳妇闺女也很扫兴。

"爸，您和娘岁数都大了，把庄稼地包出去吧。"说着兄弟们就把一沓沓钱递给了老爸。他们一致认为，老爸缺钱。

当时爸爸没说话，王强们以为老爸听进去了。

无可奈何，国庆三天假，兄弟四家只能随着老爸和村里人一样，掰棒子、运棒子、剥棒子，在太阳底下灰头土脸地度过了。

第二年国庆节前，王强又与兄弟们相约回老家。尽管媳妇孩子不乐意，还是一个电话约好了。1号一大早，王强等四辆车就带着媳妇孩子奔上了高速路，听着《好日子》，吹着《好日子》，因为他们心里想着，老爸因为他们的儿子，再不会像村里人那样灰头土脸受累了，所以开四个小时的车他们也没觉得累，就到老家了。

村庄里依然没见城市张灯结彩的佳节景象。街上几乎没人，就算有人，依然是灰头土脸的。

车子开到家的门前，没看见爸没看见娘，看到的又是那把生了锈的大铁锁。

"你爸和你娘，都在地里掰棒子呢。"说话的是西院的大叔。

"儿子让我把地转包出去了，每月给我钱。"只有一个儿子的他话音里透着骄傲的神气。

王强心里生出了一股气。因为他早就打电话给老家的妹夫，说雇辆机械收玉米了。

"爸，这地不能再种了！"孝顺的王强第一次向老爸发火了！

说着从鼓胀的钱夹里扯出一沓票子递给了老爸，其他兄弟也是。他们一致认为，老爸舍不得"花"钱雇机子。

无可奈何，国庆三天假，兄弟四家又只能随着老爸和村里人一样，掰棒子、运棒子、剥棒子，在太阳底下灰头土脸地度过了。

今年国庆节的前一天，王强再约兄弟们回老家，兄弟们一致赞成，说这回可以好好打打牌喝喝酒了。车在高速奔驰，歌曲耳边响，口哨嘴上吹。几百公里的路，好像嗖的一下子就行驶过去了。

进了村庄，尽管街上无人，尽管遇到人依然是灰头土脸的，但他们心里还是欢喜的，因为他们看见了敞开的家门！

"爸——"王强们一进屋就看见坐在沙发打瞌睡的老爸。

而一扭脸，院子里仍是一大堆没剥皮的玉米棒子。王强的火腾地就上来了！"没用机子？！"

"用了！用了！"娘慌里慌张地答道，"这是你爸……他从别人家地里捡的。"

娘的话一出口，王强的火就蹿上来了。

可还没等王强满肚子的火爆发，就被白发老爸发红的一双眼，熄灭了。

"你爸说，看着一大家子人围在一起干活……高兴……"娘的眼睛也红了。

老爸是农民，今年七十六岁，只会干农活，喝酒很少，打麻将不会，旅游，根本没想过。

丈夫的秘密

张杰天一黑就猫一样轻手轻脚出了家门。

还没等他拐进胡同深处，身后的小琴就狸猫似的隐藏到了胡同的拐角处。

张杰进了胡同，脚步明显地加快了，行进中的脚步好像踩着舞曲，快而不乱而且夹杂着喜悦。

一座古老的青砖门楼在胡同尽头一出现，张杰的脚步就止住了，止住的同时还侧头向身后瞥了瞥。之后，一抬手就推开了门，门是虚掩着的。一切顺理成章自然而然。

等他进了院子反身掩上门，拐角处的小琴也一溜小风似的来到了近前。她借着门的缝隙，望了一眼屋内的一对身影，嘴里发出"哼"的一声，一扭身回去了。

大约过了半个小时，张杰回来了。娇小美丽的媳妇，很温柔地依偎着他一起看起了电视剧。

隔日，小琴故意说，今天累了想早睡，张杰接过话茬说，想出去转转。

"你去吧。"小琴嘴角一撇，露出了鄙夷的神态。

张杰迈着欢快的脚步，出门就奔向那条胡同。殊不知说睡觉的小琴又狸猫似的尾随着呢。

张杰一路踩着舞点欢快地奔向那青砖门楼，手一落门就开了，脚一迈就进了院子，一回身就自自然然把门合上了。

小琴出现了，她没有像上次那样借助门缝儿，也没推开门冲进去，而是对着门，再一次发出"哼"的声音，跺了一下脚扭身回去。

时间过了大约有一个小时，张杰才推门回来。小琴假装刚醒，睡眼蒙胧地说："快睡吧。"一伸手就把张杰的脖子拦住了。

又过了一日，小琴说，今天下班不回来了，要回娘家看看。

张杰心里暗喜，"用不用我陪着你？"

"不用。我今天住下陪陪老妈。"小琴欢快地说。

这次张杰不等天黑，从单位一下班就直接奔向了青砖门楼，推开门不等脚落地就大声喊起了"娘"。

可没等他进屋看见娘，他就惊得愣在了门口大张嘴巴！

妻子小琴正在给娘洗脚。

张杰毕业、找工作、娶媳妇一切顺利，可媳妇是城里人……

　　"张杰出轨?"为了解开谜团，小琴推门而入，看清了那个女人，她不是别人，而是老家的婆婆。

爱你有话我不说

"妈，这是我女朋友"儿子一进门就把一位漂亮的姑娘介绍给了凤英。

凤英自是欢喜，而且是从儿子说。女朋友要来就欢喜了。儿子长大，大学毕业，成家立业，不就是她凤英这一生的愿望吗？

"快进来，先吃水果，饭菜马上就好。"说着，满脸灿烂地又进厨房了。只十几分钟，一桌子儿子喜欢吃的拿手菜就上桌了。

油焖大虾、红烧肉、醋溜木须等，不大工夫就被儿子和他的女朋友吃得差不多了。

"妈，我们领结婚证了。"儿子揽着未婚妻涨红着脸。

儿子要结婚成家，这是凤英多少次梦见过。结婚是儿子一辈子的大事，更是凤英这辈子的大事。"我结婚凑合，儿子可要风光风光。"

"给，这是我早就给你们准备的。"凤英把家里所有的积蓄都给了儿子。

一年后，"妈，我有儿子啦！"正在医院妇产科手术室外的凤英被儿子的呼喊招惹得眼泪哗哗的。

高兴呀！此时的凤英太高兴了！比当年自己得儿子还高兴。儿子长大不容易呀。小时因为缺乏营养瘦弱不说，三天五日闹毛病，十几岁身体才好些，丈夫又从工地脚手架摔下来，走了……

现在好了，儿子成家有了儿子，她凤英终于可以喘口气了。

"妈，给您孙子报了武术班吧。"儿子说。

"行！让俺孙子身体棒棒的！"凤英看着三岁的孙子满脸疼爱。

"妈，张阿姨家的孙子都会说英语啦。"饭后一家人看电视聊天儿媳有意无意地说了一句。

"儿子，明天你也给我孙子报一个英语班，我孙子可不能输在起跑线上。"凤英一边说一边使劲亲着怀里的孙子。

儿子儿媳上班，凤英接孩子送孩子，之后，凤英可不像对门张阿姨那样，空余时间逛公园唱歌跳舞打麻将，而是买菜做饭洗衣收拾屋子，手脚没时闲。儿子们工作忙，工作累，她这个当妈的就该为他们服好务。洗衣服，要洗就不分儿子媳妇，做饭刷碗，只要自己能干就不劳累孩子们。

就是自己的退休工资不多，每月给孙子交了托儿费、英语补习班费，手里就将够家里开销了。

六十二岁的凤英几次想开口对儿子说，可看着一天忙忙碌碌的儿子就把话咽了回去。

那天，凤英在送孙子回家的路上，看见一辆收废品的车。

"您收纸壳多少钱？"一个用三轮车拉着一摞纸壳的老人问。

"一块二。"收废品的回答。一摞不多的纸壳卖了十二块钱。

凤英动心了。后来，凤英也开始卖纸壳和矿泉水瓶子了。

"妈！您这是干什么呀！"那天凤英正在把自己捡来的纸壳往收废品的秤上放，不承想，被开车回家取东西的儿子看见了。

封村之后

"娘，您身体怎么样？"王强吃过晚饭拿起手机给老娘通了电话。老家在五百里外，因为远而不能常回去，所以作为家中的长子，他必须要打电话注意老家的情况。

"我和你爹都好着呢。"老家的娘接到大儿子的电话自然很高兴，虽然没看到儿子只是听到了声音，这也让她高兴得什么似的。大儿子娶了北京媳妇，在北京安了家，这在庄里是多么大的荣耀呀。

"我给您的钱别舍不得花。您儿子能挣钱。"王强听到娘的声音虽然没有娘那么兴奋，但也是在安心的同时有着长子的骄傲。在庄里的发小中，在镇里同学里，能在北京安家立业的，还真没听说过。

"够花的。够花的。你忙你的，不用老惦记我们。"

娘每次差不多都是这句。娘说顺了口，王强也听顺了耳。每次通话没有新内容，没有新话题，就这样一来一去地过去了不知多少年。

王强的老家在河北沧州地区，要说回趟老家也不是太难的事，一脚油门，高速路一跑，俩钟头就够了。可王强开着一家公司，虽然算不上大公司，里外就那么三十几个员工，但就这也是够王强忙活的了。业务、人事、公关、协调、合作等等，让他忙得像陀螺样停不下来。

可再忙也不能忘了老家的爹和娘，寄钱、打电话，再怎么样也不能忘了。过年回家把那沓钱递给老娘，看到老娘的笑脸，看到弟妹们的目光，王强心里自是潇洒欣慰。

今年过年回家，一切如常。王强还是安排大年初二返京，大年初三，他约好要与从美国回来的朋友相聚。"探一探路子，能不能扩展一下公司的业务。"这想法他酝酿了许久。

吃过大年初一的饺子，喝过酒，王强就午睡去了。可等王强午后一觉醒来，就听家里人说"封村"了，新冠病毒影响到了全国各地！

一声令下，全国执行。王强返京落空。

大年初二，全家人喝酒吃饭。大年初三，兄弟姐妹喝酒打牌。大年初五、初六、初七……家里人的情绪有些不安了。可爹娘却很泰然。弟弟一家回了，妹妹一家也回了，老家的院落安静了，偌大的家里只有王强守着老娘老爹了。

过年在老家半月，这是年过半百的王强，自少年离家求学至今的第一次。

老娘拖着腿蒸煮着他爱吃的吃食，老爹扯着耳朵与他说着家里土地上的庄稼。

老娘腿瘸着，老爸腰弯着，迈步弯腰迟缓而笨拙。王强静静地看着，倏地眼里就有些湿了……老娘、老爸已是耄耋老人了。

王强弯下腰，拉起了风箱，让娘进屋。为爹娘做饭。王强心里涌起了一种少有感觉。

包饺子、擀面条、蒸包子，炒菜喝酒，王强就这么陪着老娘老爹一天天过起了从没有过的日子。而那往常撕扯不开的业务、酒局等全不在了。

背着土豆进城的张老爹

一天早上，张老爹将一袋土豆往肩上一扛，就出门了。不足九点钟，张老爹就来到县城小儿子的家门口。

正准备带家人游玩的张家老三一出楼门，就看见有个人扛着口袋迎面走来。"爸……？"他有些吃惊。老爸很少进城，就算来也是和妹妹一起。"给你送点土豆。"张老爹不好意思地说。

"唉，市场上有的是。"张家老三一副埋怨的口吻。"自家的好吃……"张老爹低着头说。张老爹家在山里，离县城六十多里地，爬山、坐车要三个多小时。

又一天，天还没亮，张老爹就奔向那口袋土豆。他一伸手就上肩，但胳膊一软，竟没拎起来。

张老爹是下午三点到市区的，等他举着字条来到二儿子家门口时，已经是下午四点半钟了。

　　张家老二正打麻将，要"捉伍魁一条龙"时，家门被敲响了。他不耐烦地站起身，"谁呀？！"门还没拉开他的声音就蹿了出去。

　　可没等声音落地，张家老二就猛地愣住了："爸……？"爸很少来市区，就算来也是和妹妹一起。"给你送点土豆。"张老爹心里扑腾着。

　　"唉，市场上随便买。"张家老二叹着气。"自家的好吃些……"张家老爹理亏似的说。

　　张老爹不识字，山里的家离市区二百多里，爬山、坐车，等到找到儿子家，竟用了八九个小时。

　　又是一天，张老爹鸡叫头遍就从炕上起来了，顶着满天星就扛着口袋出山了。可等他来到省城，捏着字条出现在大儿子家大门时，已经是掌灯时分了。

　　张家老大西服革履出门赴宴，没等走到"奔驰"车跟前，眼一瞥，竟看见弯着腰、扛着口袋、揉着眼睛、极为消瘦的一位白发老人。

　　"爸……？"老爸很少到省城，就算来也是三年前妹妹陪着一起来的。"爸——"满身是土的张老爹，听到呼喊，一怔！"给你送点土豆。半道迷路了，摔了一跤……"张老爹肩上歪着一个口袋。

　　"爸，市场上有的是呀！"张家老大觉得老爸真轴！"自家的好吃……"张老爹眼里蒙上了泪水。

张老爹不识字，家离省城五百多里地，坐火车、倒汽车，他从天不亮出山，等他寻到大儿子家楼房小区，已经过去了十三个小时。

一天深夜，正熟睡的张家老大突然被铃声大作的手机惊醒了！还没等他问"谁"，听筒里就传来了妹妹的哭声："大哥，你们快回来吧……爸……不行了……"

"爸查出癌症，不让告诉你们……瞒着我……偷偷看你们……回来当夜……就倒下了……"

谢谢您这个好人

你刚躺下还没睡实，就听见"窸窸窣窣"的声音。你沉住气，屏住了呼吸，两只耳朵灵猫似的警醒着。可再听，那"窸窸窣窣"的声音停了。你有些纳闷，以为听错了，把冲外的身子朝里一翻，接着睡去。

"窸窸窣窣……窸窸窣窣"，可你刚把眼合上，还没等睡着，那声音就又来了。"我没听岔。"心里虽然这么想，但你还是没有立马撩开被子，从床上起来，查明情况，而是悄悄睁开眼，缓缓地把刚转过去的身子又翻过来了。

"窸窸窣窣"声音又听见了。原因很明白了，正是你所料到的那样：就是对面弄出的动静。你把不耐烦的目光朝那个地方扔了过去。

对面是一张单人病床，病床上有一床白色的被子，被子里躺着一个人，那"窸窸窣窣"的声音就是那个人鼓弄出来的。

也许是那个人看见你翻身了，而且发现了你的两只眼里射出的光，不仅"窸窸窣窣"瞬间停止了，就是支棱着被子的手臂也悬在那里不敢动了。因为你看见本来塌下去的被子此时正突兀着呢。

"让不让人睡觉！"你没好气地把话甩向了对面，说着一赌气又把身子一翻，把一个大后背给了对方。

也不知过了多久，你迷糊中又听到了声音，而这声音不再是"窸窸窣窣"，而是"刺啦刺啦、刺啦刺啦"，是撕扯东西的声音。

你这回不再是睁开眼缓缓翻动身子了，而是头一抬，身一扭，腰一绷，猛地从床上坐了起来，两只眼睛瞪圆了，射出的目光好像带着火星子！

"她把尿不湿撕了！"你撩开被子，打开灯，顾不得把脚下的拖鞋趿拉上，就一步奔到对面的床跟前："您这是干什么呀！"

"我不穿它！不穿它！"对方毫不示弱，尽管她已是八九十岁的年龄，那瞪着眼珠子、咬着牙的样子就像一个顽劣对抗的孩子。

"我撕！我就撕！"说着竟当着你的面毫不掩饰而且恶狠狠地撕扯着已经破烂不堪的纸尿裤。

你含着眼泪，透过泪水、呆呆地看着那昨天晚上十点钟连劝带哄，费了好大劲，才穿上去的纸尿裤。

"您摔伤住院……我们心疼您……可您不能这样呀……"你的声音因气恼带着颤音。

你默默地站着，两行泪水汩汩地往下流了。

你不说话，站着不动，就像泥塑一般看着对面那个人。

忽然，那人似乎想起了什么，竟愣怔了一下，身子不动了，两只疯狂撕扯的手也不动了。

"刺啦刺啦"的声音没了。

窗外黑黑的，没有月光，甚至一颗星星也看不见。

"你哭了？"也许是她看见了你两只眼睛里闪动的泪光。

"我听话了。"那声音低低的软软的，就像做错事的孩子向大人承认错误。

你不理。

"我不撕了。"那声音更小了，似乎还溢出乞求的味道。你不吭声，背着身子扭着脸，一屁股坐在床上，一回手把被子一扯，脸和头全捂进了被窝。你哭了，压着声音，把哭变成了泣。你也许是太委屈了，抽动的身子把盖在上面的被子都抖动起来。

"我错了……"微弱的声音从对面传来。但你仍没有动。

"您别生气。"那声音继续着。你仍没吭声。

"唉……"那人无可奈何地叹了口气，接着就没声音了。

过了许久，你觉得对面好像睡着了。你轻轻推开被子，把头脸露出来，深深地吸了一口气。

你把目光投向窗外，天，不再是黑沉沉的了，几朵云彩已经发青了，天就要亮了。

你轻轻地起床，轻轻地来到对面的床前。一双眼睛看着你："您是好人。"轻柔的声音，含着疼爱也带着歉疚。

你两眼才擦干净的泪水，瞬间又顺着眼角流了下来。

说你是好人的那个人一宿没睡，她知道她把你这个好人气哭了。

你端起脸盆，接上热水，拿着毛巾，把一盒松花粉摆在床边。

你掀开被子，撕烂的纸尿裤已经湿透了，垫在身子下的褥子也已经湿了，而且是很湿，几乎一半都是湿漉漉的。

你手刚伸过去扯纸尿裤，她就非常知趣地把身子左一翻，右一转地配合了；你拿过干爽的褥子，还没伸手撤换床上的湿褥子，那个人就咬着嘴唇忍着骨折的疼痛，抬起了屁股，用劲气力配合着你，她再不像昨天晚上那样与你较着劲儿了。

你一句话不说，两只眼睛也一眼不看她。

你虽然不看她，但那个人的那双眼睛却一秒钟也没有离开过你。这一点，你心里明镜似的。你还知道，她的那双眼睛看你的同时，心里还揣着不安。

你给她撤换完褥子，将身子洗净、擦干，抹上松花粉，之后，给她穿上新的纸尿裤。这一切，你已经干了四五十天了，每天要重复最少五次，这次是最省时间、最省心、最顺当的了。

你做完这一切，刚要抬手端盆子离开，一双温软的手倏地一下拉住了你的衣角，"谢谢您这个好人。"是那人的声音，声音里有很重的水音儿。

你的泪，再次奔涌了！

只见你身子猛地一转，双手一揽，就把满脸泪水的那个人抱在了怀里："妈，您好好看看——我是您生养的亲闺女呀！"……

如今，母亲节来了，你那个一辈子才拥有一次的人，你再想伺候，却再也找不到了。

绝　唱

窗户纸才发青，窗外就叫起了。

一声又长又脆的鸡鸣，就像部队的小号准时吹响了："咯——咯——"

夜幕退去了，村庄，醒了。

人们披着褂子，打着哈欠走出家门，目光很自然地投向了一个方向一个目标：一只头戴红冠、身穿白袍、歪着尾巴的大公鸡。看着那白色的精灵在还撒着星光的舞台上表演。

大公鸡奔跑、踱步、挺立，很是有范儿。跑起来像阵风；踱起步来像位绅士；停下来像位将军，挺着腰板，转着脖子，甩着冠子，东瞧瞧，西看看，就好像视察它的部队。

大公鸡对着人们点头，对着映出窗棂的灯光巡视，好像是嫌人少，灯光稀。只见它两腿一叉，大脚趾一抓，身子一挺，脖子往上一拔，头一扬："咯——咯——""咯——咯——"举着涨红的脸，再一次将一声又一声、更脆更响的啼鸣，撒向村庄的大街小巷、犄角旮旯。直至将赖在被窝里的人们催起，出门。否则，它就觉得自己失职，没完成任务似的。

有一天，披衣而出的人们惊奇地发现，那歪尾巴大白公鸡后边，竟多了一个俏丽的身影：一只花衫红脸的芦花母鸡，正在晨曦中的街道上陪着歪尾巴大白公鸡散步呢！它们身披霞光，比肩而行。时而低头私语，时而引吭高歌，就好像遛早儿的夫妻。

每当有人走过，歪尾巴大公鸡就会支起红冠，夯起颈翎，抖开白袍，甩开双脚，围着芦花鸡疾转。"咯！咯！咯！"，瞪着眼珠冲着来人低吼。那架势真像一个护花使者呢！

当它看出来人没有歹意，它又会变成一个多情的郎君："咯咯咯……"低语着，好像是对人家羞涩地说：这是我妻子！我妻子！又好像是对妻子说：这是朋友！朋友！此时的芦花鸡就会轻轻移动身子，躲在大公鸡的尾后，红着脸低着头发出"咕咕咕"的回应，好像是说："知道了，知道了。你好，你好。"

歪尾巴大公鸡原来尾巴并不歪，只因它出生在一个养鸡场，是个不下蛋的公鸡，于是被刷下，送到了自由市场。笼小鸡多，兄弟们乱挤，于是它那颀长伟岸的尾巴，就被挤伤了。眼睁睁着兄弟们一个一个被抓、被宰，它心里怕极了。至于尾巴折没折、疼不疼，它连想都没想过。

"奶奶，我要那大白公鸡。"听到那稚嫩的声音，看到那黑亮亮的眼睛，它从绝望中看到了希望。

在一个高杨吐绿、柳絮飘飞的黎明。人们忽然觉出，今儿的起床号变味儿了，"咯……咯……咯——"沙哑中带着一丝丝凄凉。

人们急忙起身，推门一看：每日必看的"夫唱妇随"的风景画，不见了！料峭的晨风中，歪尾巴大公鸡耷拉着鸡冠，垂着翅膀，挪着双脚，吃力地走在仍雾蒙蒙的街上。

只见它停下脚步，劈开双腿，爪子用劲抓地，用力稳着身子，抻起脖子，慢慢低下头，然后猛地一扬："咯……咯……咯……"全没了往日的高亢嘹亮。不但如此，就连鸡冠也没了往日又直又红的模样了。鸡冠软塌塌地侧歪在它苍白的脸颊上，金黄的嘴角上，似乎还挂着一缕鲜红的血丝。

青灰的月光把歪尾巴大公鸡的影子拉得长长的，投在灰蒙蒙的大地上，留下一个黑洞洞的影子。

芦花鸡呢？芦花鸡哪儿去了？……

在后来的日子里，人们无论白天黑夜总会看见歪尾巴大公鸡拖着身子，在村里的街头巷尾、沟壑水塘不停地转，不停地走……伴随那身影的，还有断断续续、高高低低的"咕咕咕"声。

孤零零的身影，凄惨惨的啼声，在村中，在人心中，在天空，在田野，就像挥之不去的幽灵。

终于有一天，那啼哭似的声音没有了，消失了。

芦花鸡丢了，歪着尾巴的大公鸡，也没了。

那天的早上，太阳都升起很高了，人们还没从睡梦里醒来。

大　师

　　王强开了家酒楼，大门楼雕梁画栋，很有老北京的味道。路过的车子都不由地减慢速度看一眼，行人更是停下脚步多看几眼。北京人这样，外地人更得加个"更"，不仅站着看，而且是壮着胆子走进去品尝了宴席。蓝眼睛高鼻梁的老外，举着相机更是左拍右照，以为发现什么老物件。

　　可酒楼的生意却不好。收支不但不能平衡，而且入不敷出。

　　"你这门楼，得拆。"大师一露面，就发现了问题。

　　"为什么？"王强几乎脱口而出，要知道这门楼可是他最为得意的作品呢。从构想、设计、施工到落成，三个月的工期不说，还聘请了设计师，投入了资金，付出了精力……

大师是传说中能"起死回生"的神人。要不是至交甚好的朋友出面，是花多少钱也不肯露面的。

"拆……"只半天的工夫，王强"雕梁画栋"的作品就成了一堆"垃圾"……

两个月后，王强的酒楼再次开张。欧式风格，豪华气派！路过的车子似乎减慢了速度，路过的行人一边走，一边瞅了一眼。至于举着相机拍的蓝眼睛高鼻梁的老外，基本没看见。

酒店的生意，一年下来，却还是一个字，"赔"。

"厨房得换位置。"朋友再次请来大师。大师在酒楼一转，又发现了问题。

"拆。"王强心说听大师的没错。又是两个月，厨房从一楼西侧，改为二楼东侧。两个月后开张营业。一年后仍是一个字，"赔"。

"三年之后，第五年运势大转。"大师的神态，令人起敬。

王强的酒楼，第四年再次按大师的旨意改换设施方位，但它还是没能挺进到第五个年头，赔了三百多万后，关门。

大师呢，自然是拿了每次不少于五万元的出场费，没了踪影。

张帅约会

　　张帅，甭说模样，就一米八的个头，就让许多女孩们多看几眼。

　　"丽，今天咱俩吃海鲜怎么样？"微信一发出，那头的小丽没打愣"行"字，就应了。

　　张帅提前来到餐馆，肉菜海鲜点得好丰盛。让小学同学的小丽好感动。过了大约半小时，张帅起身说去卫生间。可过了二十几分钟，张帅没回来，服务员拿着账单来了，"688元。"

　　"莎莎，今晚有时间吗？"张帅手指还没抬利索，"有"，那头一个字就飞来了。

　　"串串香"，成都著名连锁店。天刚擦黑张帅牵着莎莎就进门了。牛肉、羊肉、海鲜、啤酒、饮料，丰富多彩。香！太香了。惹得文静的同事莎莎也失了风韵。

不一会儿，原本空荡荡的签筒就插得刺猬似的了。张帅打着饱嗝站起身，走向卫生间，之后一扭身就出门走了。莎莎吃着肉串、喝着酒，正心里嘀咕张帅是不是喝多了，掏出手机还没等拨出，服务员就递过来了清单，"769元"。

"慧，明天有安排吗？"慧是张帅新交的女友。大气、漂亮、一身的名牌，一看就是富家千金。张帅带着慧到"燕莎""蓝岛"知名购物中心逛了一上午，可什么也没看上。最后来到了著名的三里屯酒吧一条街。在一家洋人酒吧前，他们牵手止步入内。咖啡、牛排、红酒、钢琴曲，温馨浪漫。张帅陶醉其中。

迷蒙中，慧起身说方便一下。十几分钟过去了。"女人麻烦。"张帅有些扫兴地嘀咕了一句。

直到一位黄发碧眼的高大侍者端着"3668元"的账单走到面前，陶醉中的张帅才清醒过来。

归

　　初春，一场小雨才过，两片小小的绿叶就从石缝里钻了出来。而后，一只黄灿灿的花儿就诞生了。几天的工夫，那花儿竟化成一只洁白无瑕的绒球，风一吹，四散着飘走了。

　　一只被收留了近三年的大白猫，突然不见了。十几天来，那对一黄一绿的大眼睛，总是星星似的在眼前一闪一闪地眨动。

　　阿咪回家了。我想。

　　邻村刘婶说，高速路上一只大白猫被轧死了。碾碎的身子，扯烂的肠肚，把路浸得鲜红鲜红的……

圈养了许久的鸟儿，在主人忘关笼门时逃跑了。它兴奋地抖动着好久好久没有展开的翅膀，连冲着它哀鸣，与它相伴许久的伙伴也顾不上看一眼，就鸣叫着冲上了蓝天。

它终于可以回家了。

可不久，那只逃走的鸟儿，却又孤独地回来了。瘦瘦的它趴在笼外，任由主人抓起，放入笼中，才进门，它就扑到食盒狼吞虎咽地吃了起来。

隔壁的张旺，小时家里穷得叮当响。念书时多冷的天儿也没见他穿过袜子。可如今大发啦。住了几辈的老屋说扒就扒，眨眼间就戳起了三层高楼，旗杆似的立在村里，大老远就能看见。可还没两年，墙缝的水泥还没干透，人家就不住了，全家一起搬到海边的别墅去了。

可最近一些日子，不知为什么，张旺八十多岁的母亲和头发几乎全白的媳妇，突然回来了，而且总是在他家老屋附近转悠。

老母亲一手拄着老家特有的枣木拐棍，一手拎着一只家做的老布鞋，身子有些歪斜的向前挪动，口里喃喃地唤着张旺的小名：根儿——回来吧……根儿——回来吧……根儿——回来吧……

老母亲身后跟着的是张旺媳妇，手里捧着一幅张旺打着领带、穿着西服的彩色照片眼睛红肿神情恍惚地走着……

张旺丢了。那么有本事的张旺，却找不着家了。

第二年的初春，小雨过后，老家的沟畔、河滩开出了一大片一大片黄灿灿、冲着太阳笑盈盈的花儿……

　　蒲公英到家了。

一只飞出去的猪

一辆运猪车在高速路上飞驰。"哐"的一声巨响，车身"唰"就横着飞了起来，随即滚翻在了马路上。就在车身落地的一刹那，一只猪"飞"了出来。一辆来不及反应的大客车被砸了个正着，"当"的一声，车内旅客顿时发出一片尖叫。只见那只猪从车顶再次飞了起来，砸向一辆厢式货车，而后就像一发射出的炮弹飞下了公路，飞进了乱草丛。

那只浑身是血、被甩飞的猪，在寒夜里也不知昏过去了多久，忽然听到似曾相识的哼哼声，但嗅到的却是一股陌生的气味。它伸了一下腿，想立起身，但钻心的疼痛让它不由得眼大睁，嘴大叫，就在它睁开眼的瞬间，一只庞大的黑影闯进了眼帘！在漆黑的夜里，两只灯泡似的大眼，闪着寒光！不仅如此，长长的嘴巴上还插着两把铮亮的刀子呢！

"它……它……它是个……"望着那比自己大许多的身躯，它绝望地闭上了眼睛，在死寂中等待着自己的最后时刻。

母亲生它兄妹十三个，它是第十二。不仅身瘦个小，而且还是女娃。俗话说：娇头生，惯老生，中间的打补丁。在家，母亲顾不了它，兄弟欺负它；被人买走后，闹病不长，主人又梃出它。装车去屠宰场时，它绝望了。两车相撞，车子横飞乱滚，它被甩了出来。那时它觉得自己好像在飞，身子轻飘飘的像片羽毛，竟没有害怕，没有担心被摔死，反而觉出了生的希望。而现在……

一股热气轻轻地吹来，在它的周身徐徐散开。它那又痛又冷的脸上，被一个软绵绵热乎乎的东西蹭来蹭去，一下，一下，一下……一圈儿，一圈儿，一圈儿……僵冷的身上有了一丝丝暖意。它再次撩开眼皮：那大黑家伙正伸着长嘴巴，吐着长舌头，舔着它脸上、身上的血呢！

一年后，一个采药人在山林中发现了一群奇异的动物：长嘴巴，大眼睛，大耳朵，长身子。说是像猪吧，可他们长嘴巴上长着两颗钩刀似的大獠牙；说是野猪吧，长长的身子上又长着像斑马似的花纹，一圈儿红，一圈儿白，一圈儿黑……连耳朵、嘴巴、腿脚全是！采药人又惊又喜又害怕：惊的是从没见过，喜的是想抱回一个小的养着玩。可一看见那狮子般大的，翘着钩刀子似的大獠牙的黑家伙，他马上打消了这个念头。

一时间，很少有人影的山林，变得车水马龙了。终于引来了动物学者。

　　"家猪、野猪产下了新的品种，罕见！应加以保护。"于是整个山林就成了这群"新品种"的乐园。

起跑线

    张旺开了饭店，就成了有钱人。儿子一落生，就成了第一个请专业月嫂的人。

    "一月八千块！"张旺的老妈使劲撇着嘴，"我生养了你们五个，还伺候不了？"

    "太贵了吧？"就是刚生完儿子的媳妇一听，也是瞪大了一双眼。

    "人家是专业的！有专业证书。"

    "咱不能让儿子输在起跑线上！"这句话，让张旺的老妈和媳妇闭了嘴。

    儿子刚会跑，张旺就托关系找朋友，寻找"高端"幼儿园。

为了能进那所屈指可数的"高端"幼儿园，不惜重金买了一套面积极小的房子。

"这么小！"老妈一进门就皱起了眉头，"二百多万，值吗？"媳妇看着不远处的那所"高端"幼儿园。

"值！你知道这里有多少大人物的孩子吗？！"

"咱不能让儿子输在起跑线上！"最后，还是这句话定了老妈和媳妇的心。

儿子满三岁，张旺如愿以偿地把儿子送进了让多少人渴望而不及的"高端"幼儿园。之后，张旺开始拖朋友找亲戚，寻找"重点"小学。

儿子五岁半，张旺把幼儿园附近的房屋卖掉，又加了不少钱在那所"重点"小学买了一套学区房。

"你，真能折腾。"老妈只有摇头的份儿了。"十五万元一平米！"媳妇有些心疼起早贪黑挣来的钱了。

"人家孩子能上的学校，咱儿子也能上！"

"咱怎么能让儿子输在起跑线上呢？"不等张旺开口，老妈和媳妇就异口同声了。

送儿子上学的路上，张旺一加油就过了路口。"爸爸，您闯红灯了！"七岁的儿子用稚嫩的小手指着路口闪闪发亮的红灯。

"儿子没事，我把车号挡上了。"张旺冲儿子很得意地一笑。

饭店门前怎么没有汽车了

　　小强出生时得了一场病，因为家里困难，没有及时到医院治疗，造成了不能站立的残疾，所以在别人都蹦蹦跳跳上学的时候，他只能守在家门口看汽车了。

　　小强家门前有一家饭店，看汽车很方便。

　　小强四岁时，在大城市打工的爸爸过年回家，送给小强一本有很多汽车的图画书。一辆一辆的汽车，都藏在书里，红的救火车，白的救急车，推土车，大货车，还有能把大箱子吊起来的起重车，以及或大或小的小轿车。这本书小强都很喜欢，因为饭店门前那些叫不上名字的汽车，这下就可以从书上知道了。

过完年爸爸打工走了，小强就开始对着画册看汽车。刚开始饭店前的汽车不多，"一、二、三、四"，总是超不过十辆，而且都是面包车、卡车之类。他有些着急：为啥不来更多的车让他看看呢？

一天中午，小强眼前一亮，他突然发现在对面饭店门前停的许多汽车里，有一辆白色的车，特别醒目！他赶紧拿出那本画册——"宝马！"他竟中奖似的大喊，"妈妈，快来！"竟把正在做午饭的妈妈吓得立马跑了出来，以为他出了啥事。

从那以后，小强看汽车的兴致大增。恨不能老守在门口，因为他生怕一回家，就把好看的汽车错过去了。

有一次，天都黑了，妈妈都要抱他回家吃饭了，突然眼前一闪，"嘡！嘡！嘡！"三辆他没见过的汽车，"哧！哧！哧！"地停在了饭店的门前！

小强大喜，竟脱口而出"奥迪""奔驰""保时捷"！因为那一辆辆代表世界著名的汽车的图标、车型，他小强早就牢牢记在心里了，小强早就想亲眼看到呢！

"妈！妈！快……快……"小强激动得都说不上话来了。

从此以后，小强更是迷上看汽车！特别是傍晚吃饭的时候。因为这时候，汽车又多又好，世界名车最多！几乎是一水的好车！红的、白的、黑的、银色的，竟然还有红绿相间的"法拉利"跑车！这让小强兴奋得很，以至于晚上都说起了梦话，仿佛那"法拉利"是自己家的。

可是，有一天晚上，小强刚要被妈妈抱回家，目光正对着那些汽车不舍时，有两辆闪着红蓝光芒的汽车，也停在了饭店的大玻璃窗前了。

这是抓捕坏人的警车，不用对着画册看他就知道，因为他很早就从动画片《黑猫警长》里知道了。

可是不知为什么，自从那辆抓坏人的警车来过之后，小强眼前的汽车就没了。不要说世界名车，就是普通的汽车也很少了。

特别是今天，小强更是失落，因为总是在夜里灯火通明的高大饭店，此时外面不但没有一辆汽车，就是以前在大玻璃窗里面热热闹闹的人群也没了影子，因为此时的大玻璃窗里是黑乎乎的，没有一丝灯光。

热闹的大饭店，关门了。

小强很纳闷。爸爸从城里打工回家，他赶紧问。爸爸说，那饭店是市长弟弟开的，市长犯了法，成了坏蛋，饭店也就关闭了。

山里人家

张志喜欢青山绿水。一日出游，偶然发现住在山里的一户人家。土屋门前，一只土狗，一只脏碗。碗？青花瓷！张志的眼像 X 光线一般，发现了碗的"身世"。

"大娘，您这狗，真好！""好啥呀，来人都不叫一声。"

"不叫好呀，我们城里人就喜欢呢！"张志似乎非常喜欢。"给您三百块钱，把狗送我吧？""行。"大娘很痛快。次日一早，张志顾不得喝上一碗他爱喝的玉米粥，出了屋门，就奔狗去了。"大娘，您喂狗的碗也给我吧？""行！行！"大娘心说穷家破业的难得有人喜欢。

张志前脚刚走，李四没两天也住进了山里人家。一进门就大娘大爷地叫着，转悠着。忽然眼一亮：灶台下一只黑猫，还有一只小瓷碗。

"大娘，您家这猫真好！"李四露出喜欢的样子，"好啥，整天窝着！"

"窝着好啊，我们城里人就喜欢呢。""给您二百块钱，把猫给我吧？""行。行。"

次日一早，李四顾不得喝上一碗他爱喝的玉米粥，就奔灶台下的猫去了："大娘，猫碗也给我吧？""行。"心说这城里人咋这么大方。

一个星期后，山里人家前后又来了两个人。都没顾上和大娘大爷说话，一个奔向了土门楼的土狗，另一个奔向了灶台下的花猫。一个说狗好，一个夸猫棒，一边叫着"大娘大爷"，一边就把人民币塞进了手里。

次日一早，二人顾不得吃大娘做的早饭，就牵着狗，抱着猫，上了车，当然喂狗喂猫的碗也没忘。

半个月后，山里许多人家的土门楼外，都卧着一黄一黑两条狗；灶台下，偎着一花一白两只猫。

可几个月过去了，村里再没见一个城里人。

两只猴子

马戏团买进两只猴子。一只二目放光，机灵乖巧；一只眼神迷茫，木讷憨钝。

一日，驯兽师牵出两只猴子来到训练场，扬起小气锤敲击猴子头顶，训练躲闪能力。"一、二；一、二"，小锤随口令，上下起落。

那只机灵猴，除了第一次头顶上挨了一锤，其余皆是灵巧躲过。到后来，只是缩缩脖子，歪歪头就闪过了。

而那憨猴，简直是点不着的柴火，扶不起的泥，几乎锤锤落在头顶，仿佛不是练"躲"，而是练"接"。

接下来的训练，钻圈、骑车、跳舞，那只灵猴更是显出它的灵气了。而那只憨猴，在灵猴的比较下，更显得愚钝。不要说驯兽师恼，就是旁观者都陪着摇头叹气。

几个月下来，那只灵猴越发灵巧，只要看见驯兽师的口型，就知道下一步了。而那只木讷之猴，仍是一副榆木疙瘩般不开窍的老样子。

"傻猴！"众人结论一致。马戏团团长决定放弃它。驯兽师一挥手，把"傻猴"丢在了舞台后面长满杂草的院子里了。

儿童节日到了，灵猴在舞台上一展身手，迎来了雷鸣般的掌声！

而在前台掌声雷动的时候，"傻猴"一改往日的傻样，机灵无比地只一个跳越就蹿上了一棵小树，紧接着一纵，就登上了墙头，再扭身一跳，没影了。

张硕的事业

　　张硕第五次面试回来，神情落寞极了。沿街的商铺，热闹的人群，好像都与他无关。

　　突然，一阵刺耳的刹车声传来，引起了街头的骚动！车祸！还好只是撞死了一条白色的狗。

　　凄厉的哭声乍起，一位穿着华丽的贵妇，奔向那只刚刚被车撞死的狗，浑身颤抖满眼是泪……

　　张硕脑瓜一闪，多日来郁闷的心忽然有了一道光。

　　"开一家宠物安葬店！"

　　张硕的本科是市场营销，分分钟就把想法变成了方案，而且很快在网上有了微店。经微信朋友圈一发，再经朋友链接转发，很快就有了生意。

一只白色的波斯猫，安详地静卧在鲜花中，一首轻柔的安魂曲萦绕着……一个长方的红漆木盒，最后成了波斯猫的归宿。

第一单的视频一出，张硕的微店就火了！只一个月，一个人就应承不过来了。雇了人不说，还把工作间扩大了好几倍。

张硕大学毕业前，曾经想干一番事业。他和同学合伙开过公司，应聘过外企、国企、私企，但都没有成功。为了口饭他张硕甚至跑过外卖。离开学校三年，仍是两手空空，灰头土脸，弄得自己无脸回老家了。

真是天无绝人之路，一只只猫猫狗狗的死，竟成全了他张硕，成了他张硕源源而来的财路，随手一晃的摇钱树。

张硕发挥专业优势，运用市场营销的知识，把店铺的业务重新规划了一番，安葬程序从宠物的类别开始，重新划分，告别仪式的场地、鲜花的摆放、安魂曲的设置等等，不同的规模，不同的档次，不同的价位。

一年下来，张硕好像真就找到了可以大展宏图的事业了。

父亲节来临

"妈。"那天一早，我刚起床，就听见低低的招呼。咦？我有些诧异，以往不到七点不起床的女儿今天竟在五点半……

她拉着我来到客厅，不等我问，就脸一红："我爸醒了吗？"

"没，睡着呢。"我有些不解。"好。"她轻叫了一声。"您帮我把我爸的裤子抱出来。"她狡黠地一笑，顺手还撒娇似的把愣怔的我推了一下。

我返回卧室，与她合谋似的把丈夫的裤子毫无声息地抱了出来，还一反手带上了门，女儿对着我伸出了大拇指。

她接过父亲的裤子，把裤腰上毛了边的皮带一扯，在一个精致的盒子里拿出一条棕黑色皮带，抖着手穿了进去。

"妈，怎么样？我爸会喜欢吗？"女儿的眼里闪着难以掩饰的激动和羞涩。

大学毕业的女儿工作刚拿到工资，恰逢父亲节。

"闺女这是给她爸一个惊喜呀！"我心里一阵欢喜：女儿长大了。我配合着女儿又把裤子放回卧室，只等那个惊喜。

"买它干吗呀，我那条还能用呢！"卧室里的声音很大。"是咱闺女送给你的父亲节礼物。"我推开门欢喜地说。"花那么多钱，干什么不好呀！"他说着把新皮带一扯甩在了床上。

第二年，父亲节来临，女儿再次悄悄买了一束花，在父亲下班就要临门的时候躲在了门后。

"爸，您辛苦了。"女儿举着花红着脸看着迈进门的父亲。"别乱花钱。"父亲脸上依然没露出女儿想看到的欢喜。"挣点钱，别乱花，以后用钱的地方多着呢。"父亲黑着脸。

第三年，父亲节来临，女儿啥也没买，好像没有这个节日似的。

拿快递

小荣前脚开门进屋，后脚就有人敲门了。"谁？……"小荣声音有些颤。

"我们是居委会的。"女人的声音虽然平和却透着一股力量。"还好。"小荣心里说，这比她想象中的结果好一些。

其实敲门人不只是居委会的王莹，还有社区民警老张。一个月以来，他们接到社区居民多次反映，说快递件丢失，怀疑有人偷了。调出监控视频仔细查看，他们发现有个二十多岁的女孩儿几乎一两天就要到大门处取快递包裹。

女孩儿清秀文静，像是在上大学。"也许是开了家网店。"即使女孩儿常是一早或一晚拿快递，但他们还是不能下结论。这两天老张穿上便装守在小区大门。

女孩儿又来拿快递了。她似乎很镇定，但还是出现了可疑点，别人拿快递都是两眼盯着快递单子上的名字看，那是寻找与自己相关的门牌号或者名字，而她好像不是，而是在包裹的大小上做选择，一般是较小的，且基本差不多的，掂一下，之后愣一下，站起身快速地离开。

次日，姑娘没来，第三天，如前日一般重复。老张这才决定和居委会的工作人员一起入户走访一下。

一进屋，他们发现女孩儿家相当简单，并没有开网店的迹象，因为老张家里有一个开网店的女儿，家里的一间屋里常被各种商品摆得满满的。

老张一边观察一边聊家常似的问着姑娘"老家在哪儿、家里有什么人、在哪儿上学"。看似轻描淡写，实则已经雷达似的把屋里的一切扫进了眼里。

"姑娘叫什么名字呀？"老张的眼光落在了还未来得及拆开的快递包裹上，两个盒子、两张快递单子，收件人的楼号、名字，竟然不同。

"小荣……李小荣。"面前的姑娘明显地慌了，因为她也看见了那两个进门还未来得及拆开的快递小纸箱。

"哦，是不是常替朋友收快递呀？"老张依然和气地说。

"嗯……嗯……"小荣心里越发扑腾得厉害了。

小荣考入大学后，本来在老家种地的父母特意进城找了两份环卫工作。女儿好学上进，父母为此很骄傲，但靠种地供女儿实在吃力。可两口子每月四千多月的收入，除了给女儿的学费生活费，还要交房租、水电的费用，所以基本上没有什么富余了。

女儿上大学的这个城市，人们的穿着打扮不要说让孩子们羡慕，就是他们自己也眼馋心热。还好，女儿并没有向他们提出除学费生活费以外的要求。

小荣呢，当然知道父母不易，所以只是在网上买一些价钱不贵的衣物。

可是有一回，她无意间把一个快递盒子拿错了，回家顺手用裁纸刀一拆，竟发现不是自己买的发卡，而是一条非常漂亮的丝巾。她对着镜子一比画，竟舍不得松手了。

隔天，她拿网购鞋子时，竟鬼使神差一般把目光落在了另一小盒上。她又一次留下了。小区大门口，有她的快递时她去，没有时她也去，有也拿，没有也拿。十几天，拿回快递就有七八件了。

以前快递员都把客户的包裹放进快递柜子里，从去年发生新冠病毒开始，为了减少小区人员流动，快递员只能把快递包裹放到小区大门过道了。这就造成十件、二十件，甚至上百件的包裹堆在了一起。居民收不到包裹，也似乎不新鲜了。可集中"消失"还是让社区居民议论纷纷。虽然有人被怀疑，但被怀疑的对象怎么也不会与这么漂亮的姑娘沾边。

老张抬起眼，郑重地看着小荣，还没说话，小荣的心速就加快了。

"您好！我是社区民警。"说着老张就把警官证亮了出来。

小荣一见，立马把头低下了。

"一会儿你跟我们去居委会一趟，有些事我们需要你配合一下。"居委会工作人员王莹说。说完他们就转身出门了。

小荣心里虽然害怕，但仍没觉得是什么大事，自己只是拿了几件不起眼的小物件，大不了赔钱而已。

可在社区办公室里听到民警老张以及法律顾问对《民法典》有关律条的宣讲后，她的脸当时就白了！

"偷拿别人的物品，属于不当得利！"她犯了法，触犯了《民法典》中的"非法占有、不当得利"的侵占行为。

她私拿别人快递的行为，数额虽不大，还够不上刑事犯罪，但属于民事纠纷，当事人依然可以向公安部门申请立案，并向人民法院起诉。哪怕只有一分钱。

还好，在居委会和民警、法律顾问的调解下，那几位丢失快递件的居民只是让小荣退还了物品，并没有起诉小荣。

小荣也通过此事认识到了自己的错误，而且主动申请担任社区志愿者，每天依然去放快递包裹的地方，但不是拿快递，而是把一件件随便堆放的快递包裹按楼号、楼门分拣放好，从此快递不丢失的同时，也方便了社区居民。

钻石王老五

"王老五离婚了。"这句话没有翅膀，却几乎飞遍了同学们的心。

"老同学，有时间陪俺爬一次山如何？"同学聚会的第二天，同学王丽就向王老五抛去了橄榄枝。

王丽是班花，想当年可是多少男生梦里都想抱得的美人呢。现如今虽然年近五旬，但仍是风姿绰约。

王老五是谁？"桶哥"，当年整天挂着两条鼻涕、谁见谁躲的人物。

但王老五却婉拒了。而今的王老五是谁？了不得呢，正所谓的"钻石王老五"！大公司的董事长！

以前没条件追求"爱情"，现如今，就是要找到自己的真爱。王老五攒着一股劲。

"老同学，现在怎么样了？还单着呢？"同学张艳打过来电话，说要把外甥女给他介绍介绍，说她外甥女可不是一般的女孩子，不单人漂亮，还名牌大学毕业。

王老五有些兴奋，大学，他王老五当年因家贫连考的机会都没有。

女孩子面若桃花，长发飘飘，清新淡雅。王老五一见倾心。

"听说你是董事长，身价几个亿？"开场白没聊几句，漂亮的大学生就单刀直入了。

唉……王老五把面前的咖啡杯推了推，站起身，走了。

"老同学，有个好事！"王老五的电话刚拿起来，还没听出那头同学的声音，那同学就很兴奋了。

来电话的是"好事者"刘广通，他说，他有个表妹，刚从国外回来，也是开公司的。他觉得，王老五一定与他这个大老板外甥女有共同语言。

果然，还没见面，一个电话接通，"商"的意味就扑面而来了。"利益""股权""份额"没说上几句话，同学的大老板外甥女就毫无遮挡地一下子说到了"遗产"。

"唉——"王老五没等对方说完就按下了停止键。

新年将至，街头、车站、高速路，都是急急火火回家的人流。大玻璃窗前的王老五望着望着，眼睛潮湿了。

王老五回家了，开着他锃光瓦亮的大奔驰回到了那个小山村，回到了已经不是他家的"家"。

花白头发的女人，曾经是他老婆的女人，什么也没说，打开门就扭身走了。

新冠肺炎疫情让全国一切暂停，王老五心急如焚，公司的三百多人全部停止工作，他也被封到了村里，这一封就是六十八天。公司损失惨重，就单欠职员工资就上百万元。

可王老五却泰然自若，似乎有一种春风拂面的感觉。他和那个给他开门的女人，复婚了。

多谢您这好心人

    天色渐黑，他一出家门就上了一辆公交车，脚一踏进门，还没等他的双眼把车里打量完，眼前就是一亮！一部红色手机就在黄色"老人"座位上。

    他大步上前，身子一闪，就落座在了手机的边上，手指轻轻那么一捏，那部红色手机就成了囊中之物。开门大吉！他心里一阵欢喜。

    公交车减速，下一站就要到了，他朝门口走去。车到站一刹车，站在眼前的白发老人一趔趄，他迅速出手扶住了。谁知他这一扶，心就那么一跳：这位穿着名牌羽绒服的老头兜里有一长方形的皮夹。

他压抑着心头的兴奋，"您慢点。"老人慈眉善目微笑着说："谢谢！谢谢！"

"您这是去哪儿呀？"他一副热心相助、尊老爱幼的样子。

"我去找我孙子。我好些日子没看见我孙子了。"老人说着眼里竟有了泪水。

他看着老人心里有些发热，因为他也有爷爷。爸妈出门打工，是爷爷守着他长大的。

"我孙子可乖了，这衣服就是他给我买的。"老人眼里的泪水还没散，脸上就绽开了笑容。

"您孙子真好……"他鼻子一酸眼睛就红了，"您去哪儿找他？"

"我……我……也不知道……"老人说着说着竟坐在地上咧着大嘴哭开了。

他兜里一阵震动，还没等他掏出来，《好日子》的高亢乐曲就蹿了出来！

红色手机。他这次大意了，竟没有像往常那样到手就关机。他刚要按键，坐在地上的老人突然止了哭，爬起来就把他抱在了怀里，"孙子！孙子！"把一脸的泪水都蹭在了他的脸上了。

"爷爷，不哭不哭……"他的双眼不知怎的也大滴大滴地淌出了泪水。

"好日子"还在继续。他按下了接通键。

"爷爷！爷爷！你在哪儿？你在哪儿？"还没等他开口，手机里就发出急切的呼喊声！

"你爷爷在我这儿。"

"太好了！太好了！终于找到了！终于找到了……"电话那头兴奋得有些呜咽了。

他用手机发了位置，也就二十几分钟，一辆越野车就呼啸着来到了他的面前。

"呼啦呼啦"，车门一打开，男男女女竟下来四五位，见着白发老人就抱着哭。

一个高大的男人抹了把眼泪，一伸手就抓住了他的肩膀，他下意识地身子一缩就要抽身。

"谢谢您！多谢您这好心人！"说着手往怀里一伸，拿出一个黑色钱夹扯出一沓钱就往他手里塞！

好家伙，那一沓钱少说也得四五千！

他看了一眼，身子使劲往后一挣，就像一只被惊醒的兔子那样奔向了火车站。

他要回家！他要回家！他要回家看爷爷，他已经五年没有看到爷爷了。

不肯接通的电话

这几天，我和女儿追偶像剧追得如痴如醉，从早晨七八点钟开始，一直到晚上九十点，十多个小时除了做饭、吃饭、上卫生间站起来活动活动，就一直坐在沙发上。

今天依然如此，正在兴头上呢，突然手机响了。

"妈，电话。"女儿说着就把手机递给了我。

我接过来一看，没接，就顺手放到了一边。铃声响了好一会儿，才止住了。女儿用奇怪的眼神看着我，意思是：什么人的电话您不接。

我自当没看见，继续把眼光投给了电视剧中的帅哥靓女们。

嘿，没过两分钟，手机又响了，我眼一瞥，又是那个电话号码。我拿起手机没接，顺手扣在了茶几上。

身处"非常时期"十几日的我，不要说出门，仿佛接个电话听到声音也会染上疫情似的。

那个电话终于不响了。为了追剧不受影响我按下了静音键。

大约过了半个小时，放在茶几上的手机又有了动静，一震一震的。

我翻过手机一看，嘿，又是那个电话号码！

女儿看了我一眼，似乎在问，谁找您？为什么不接？

她看着我的目光开始是疑问，后来竟含有别的意思了：有不可告人的秘密！

其实，来电话的人不是别人，是我的发小，因为我们两家是前后院的街坊，可以说从各自在母亲怀里抱着时，就认识了。会跑会跳就在一起玩，到了上学的年纪又从小学、中学都是同学。就是十年前，也就是村里拆迁前，还是东西院的邻居。要说这关系也算够长久的吧。

可我不喜欢她，见着她总是爱搭不理的。可她偏偏喜欢我，不论在哪儿，什么场合，一见着我，就直接奔过来拉着我的手，大声小气地说："可想你啦，可想你啦！"而且好久不松手，仿佛跟她多熟多亲似的。弄得我当时很没面子，甚至下不来台。

我是谁？在村里大小也是位村民代表小组长，就算这没有什么，可在村外边，也就是区里，也是大小有点名气的作家呢。

而她是谁？腰粗、腿短、大嘴岔、大嗓门的一个村妇。

少理她，躲着她，不招惹她。可作为村民代表小组长，开会、投票还得联系她，这下好，想不招惹她都不行。

这次手机震动得很坚挺，不屈不挠。

女儿似乎有些生气了，一伸手就抄起了我的手机，"妈，是咱家西院刘姨。"

"喂！喂！"电话那头很迫切呼喊着，声音有些震耳朵。

"你有事吗？"我冷冷地问。

"哎哟，可找到你了！"那头似乎长出了一口气。

"你家有消毒液吗？"

我一愣，消毒液？"非常时期"它可是救命的稻草！她要干吗？

"没有。"虽然我语气有些低缓，但话音还是一副拒人千里的味道。其实我家常年用，怎么会没有呢？

"超市人都抢疯了。"她继续着大嗓门。抢就抢呗，与我也没什么关系。

"我给你抢了两瓶。"她仍十分激动，那话音好像很骄傲。

"打电话老打不通。"她嘟囔着。

"我给你送来了。可你家小区的保安不让我给你送进去。"她有些生气地说。

"我给你撂在门口保安这儿，我回去了。"这半天光听她嚷嚷了，还没等我说话呢，她"嘟"地就把电话挂了，走了。

一个塑料袋子，白色的，很常见的那种，装着两个白色的瓶子，是两瓶84消毒液，与我常用的那种一样。

话到嘴边留三分

张强第一次出门打工时，母亲拉着他的手从家门一直来到村外。一路上母亲一句话不说，就那么紧紧地抓着他的手。直到唯一的长途客车停到眼前，母亲才说："在外面少说话，话到嘴边留三分。"声音很轻。

啥？少说话？这对于他张强来说，真是有点难。说话，这可是张强最得意的呢！张强能说会道，那功夫恨不能把死人说活了。村人说，村里少了他，不知要寂寞多少呢。

五年之后，张强带着妻子女儿回老家过年，大年初六出门时，母亲双眼看了他好一会儿，之后就随着他们一家人来到村口。客车来了，妻子女儿登上了车，张强刚抬起来腿，一路都没说话的母亲再次开口了，"话到嘴边留三分。"母亲的声音里有了些不安。

张强有些烦，这么多年了，一出家门就这一句，年年如此。这些年在外面闯荡，不全靠这张嘴？"说话，是我的优势，多说还来不及呢。"

为了不让自己的心情受到母亲的影响，张强开始以"公司业务忙"为借口，不再年年回家过年。就算一家人回去过年，也是过了大年初一就匆匆离开，母亲那句才出口的"话到嘴边留三分"的声音，就被他乘坐的汽车卷起的灰尘淹没了。

又过了两年，张强本来是想着回家过年的，因为他想起母亲已经是快七十岁的人了。可他却回不去了。他的公司因"传销"被查封，他被拘留了。

而老家的母亲得知唯一的儿子被警察抓进监狱，一着急，高血压引起心脏病，过世了。

娘，您不懂

　　胡二那年做生意挣了钱，春节一进门，就让家里的弟兄妯娌们眼热。

　　大皮衣，胡二一件，媳妇一件，就连路都走不稳的小儿子也是一双锃亮的棉皮靴。

　　娘说："儿呀，钱要省着花。别有柴一灶有米一锅。"

　　"娘，您不懂。"胡二不以为然地一笑。

　　又过了两年，胡二竟开着一辆四个轱辘的小轿车回家了！这不仅是让全家眼热了，简直让三四百户的村庄沸腾了！要知道那时村里不要说汽车，就烧柴油的"三马子"也没几辆。

　　"儿呀，钱要省着花。别有柴一灶有米一锅。"娘没有像人们想的那样高兴，反而皱着眉头。

"娘，您不懂。"胡二听着娘的话有些烦，扫兴地撇着嘴。

又过了两三年，胡二再次回家过年时，就更有些不同了，不但自己一家荣归故里，还带来了好几个喊着"干娘"的兄弟们，不仅如此，就是村里以前不怎么搭钩的人也前后脚来给胡二娘拜年来了。

按理说，胡二娘该高兴，守寡失业的她终于熬上了扬眉吐气的份儿了，可等拜年的人走散了，胡二的手就被娘攥住了"儿呀……"

刚一开口就被胡二拦住了："娘，明年我接您进城楼里过年！"胡二不愿再听娘"不能有柴一灶有米一锅"地唠叨，快刀斩乱麻般截断了娘话。

"我不去。"胡二娘听了"上楼"，没高兴却很生气地松开了胡二的手。

没过多久，娘给胡二娶媳妇的宅子就被胡二卖掉了，过年时他象征性地回了趟老家，给了娘一打钱，就打道回府了。

胡二娘看着手里的那打钱，深深地叹了口气。

又过了三年，胡二没回老家给娘拜年，而大年初一的一早，就有几个曾经喊着"干娘"的人进门了。胡二娘一见，赶忙沏茶倒水，张罗着让大儿媳赶紧炒菜包饺子。

可来人一伸手说，"不用。"连声"干娘"也不叫了，脸色还很难看。

"我们是找胡二要账的！"一句话带着冰碴。

就这样，每年大年初一都有上门要账的，一年、两年、三年……

胡二回老家是在夜里，一进门就搂着娘哭了："我家让我败光了……"

一记响亮的耳光

　　他推开院门，那张脸还没等露出来，我就兔子一般逃走了。尽管他在我身后举着我心爱的"糖葫芦"。

　　"糖葫芦，我不稀罕了！"我从心底发出怒吼。

　　那年我五岁，他打了我，给了我一记响亮的耳光！打得我耳朵嗡嗡的响不说，左边的脸火辣辣疼了好几天。

　　我上高中离开了家。周末回家，门一推开就看见一桌子饭菜。母亲招呼着我。我刚要大快朵颐，厨房门一打开，就看见他端着一碗我最爱吃的红烧肉。他刚要开口喊"儿子"，我没容他出声，放下手里的筷子一站身，进了卧室。

　　五岁那年，他打了我！给了我一记响亮的耳光！打得我耳朵炸响，"五指山红"！

我大学毕业，有了工作，之后有了自己的家，那个家成了"符号"。他逐渐老去，头发秃了，背也驼了，就连当年给我大耳刮子的手，都似乎拿不稳吃饭的筷子了。

"欺老不欺小！老家伙你终于不行了！"我心里发着狠。

可自从我上任领导岗位后，梦里总是看见他高举着手臂，张着一双硬邦邦的大手，在我的眼前挥舞……

几次从梦中惊醒，醒后还觉得耳朵嗡嗡作响，脸上发烧。

就这样过了一年又一年，十几年后，我从科长升到了局长。

噩梦依然，但醒后，我却双眼含泪，心中升起了一丝丝暖意，开始想念他了。

"小时偷针，长大偷金！"他大吼着一挥手就给了我一个大耳刮子。

五岁那年我拿了邻居家窗台上的一块钱，被邻居找到家里，还没等我把口袋里的钱放在他手里，他的大巴掌就呼在了我的脸上！要不是母亲一下揽住我，说不定要打死我呢……

初　恋

　　小琴躺在床上睡不着觉，睡不着她就强迫自己合上眼忍着，她心想，时间一长不就睡着了嘛。

　　可小琴眯着、忍着还是睡不着，睡不着干躺着，躺着躺着就觉得累，一觉得累就想翻身，可一翻身就少不了有动静，特别是这张有了许多年头的木架子床更是容易发出声音。

　　以往小琴也常有睡不着觉的时候，那时特别怕发出声音，之所以怕是因为身旁睡着小妹，弄出动静小妹醒了就会纠缠她，问她怎么不睡觉，心里是不是有事。有事就要跟她说说，不跟她说她就威胁说，一早就向老妈大声告状：我姐夜里不睡觉，躺在床上来回折饼，准是心里有事瞒着您。

半个多月前，小琴还有些担心害怕，可今天不怕了，因为小琴心里有那个人的事已经不是什么秘密了，小琴与那个人的事，母亲知道了，姐姐也知道了。

小琴躺在床上，两只眼睛一会儿睁开，一会儿闭上。眼睛睁开时也不像在白天那样大睁，而是微微撩开眼皮，虚睁着，眼镜不是看顶棚，也不是看屋里的桌子凳子，而是看窗户。

家里的窗户分上下两部分，上部分是两扇用木条做的被称为"步步紧"的窗格子，那上面糊着窗户纸，窗户纸是白色的高粱纸，白天有太阳时看着挺白挺亮，可夜里没有太阳的照射了，窗户纸就算依然是白色的，也是灰蒙蒙的了。窗户的下半部分是玻璃窗，玻璃窗是长方形的木框子，框子里镶着透明的玻璃，每扇纸窗户对应着两块玻璃窗。玻璃窗有四块，四块玻璃都很亮，白天看着就好像不存在似的，外面的阳光可以穿过玻璃尽情地照射进屋里的各个角落。就算现在这半夜时分，天上的月亮，仍是可以照进屋里，就算有窗帘遮挡着，小琴依然可以看到天上的月亮和星星。

擦玻璃，是小琴每天必做的事情。开始小琴不是那么心甘情愿，常是姐姐们支使着干。或者是自己想干时就干一干，不想干也就不干，自己年岁小，姐姐们也不跟她计较什么。可后来上了初中，擦玻璃，还有扫院子、打猪菜就成了小琴必须要干的了。

打猪菜是忘不了的，每天放学回来，那猪圈里的猪好像知道小琴是负责给它打猪菜似的，她一在猪圈边上露头那猪就开始哼唧，好像生怕被小琴遗忘似的提醒着。于是小琴顾不上写老师留下的家庭作业，总是先麻利地进屋把书包往墙边的钩子上一挂，抄起背筐就急着忙乎地上村外田野里打猪菜去了。

扫院子这活，小琴也忘不了，院子是东西长，南北窄的长方形，该扫不该扫，都不用特意看，眼一瞭，就知道。看到飘落的树叶，小鸡们拉的屎，不用犹豫就得麻利地打扫。先拿锨铲去鸡屎，而后拿起笤帚扫院子的犄角旮旯儿，窗台上面、窗台下面、枣树旁、葡萄架下、花盆周围都要过一下笤帚。这是母亲对她们从小的教育，活要干，就要干好，不能糊弄。扫过边角旮旯儿，再换大扫帚，只五六分钟，长方形的大院子就干净利落了。

扫院子，小琴可以晚上扫，也可以早上扫，有时还可能一早一晚扫两遍，头天晚上扫干净了想着明早不用扫了，可早起一看，树叶掉了一院子，能装看不见吗？当然是又抄起笤帚了。冬天可以扫一遍，因为树上光秃秃的没有树叶子可掉了。过了冬天到春天夏天，天亮得早，从不睡懒觉的小琴起来，梳完头洗过脸就会抄起笤帚扫院子，下午放学看见院子有些落叶也是放下书包就打扫。从不用支使，因而小琴没少得到母亲赞许的目光。母亲不常夸人，能对你笑笑，就是对你满意，对你的夸赞。母亲总是认为，家里的活每个家里人都应该干，没有什么可说的。

擦玻璃，这活说起来也不难，可容易忘，容易忘的原因不是小琴懒，是因为玻璃干净与否不像打猪菜、扫院子那么明显而又显得那么重要。小琴从心里有些忽视它了。一天不擦，看着还挺亮的，两天不擦，也看不出什么脏来。这么一忽视就出事了，虽然不是什么大事，但让小琴也不得不小心了。

那天早上，吃过早饭小琴收拾好饭桌碗筷，刚背起书包要出院门向学校跑，身后的书包却被四姐姐抓住了：不能走。擦玻璃。小琴傻眼了。要知道再有十几分钟就上早自习了。可看着姐姐那不容置疑的目光，小琴只好放下书包，拿起了抹布。早自习小琴迟到了，但幸运的是老师没有发现，可这次的教训，却让小琴牢牢地记在了心里，所以，每天早上小琴起床的第一件事，就是先擦玻璃，后吃早饭，再上学。这习惯就算毕业不上学的许多年仍不能忘。

小琴透过玻璃望着天上的月亮，月亮不是圆的，但也不是月牙儿，只有原来圆月的三分之一吧。月光也不是特别明亮，有些灰蒙蒙，就这样还时不时地被飘过来的一块块灰不溜丢的云彩来来回回遮挡呢。月亮的不远处有一颗稍微亮点儿的星星，也是忽闪忽闪的，一会儿亮一会儿黑的，大概也有黑云飘来飘去遮挡的吧。小琴猜想着。太远了，谁能看得清呢。小琴看着想着，眼里就湿了，湿着湿着就流出了泪。

这月亮和星星，小琴几乎每天要看一看，有时在家里看，有时在路上看，有时是帮父亲去菜园子浇水时看。偶尔看一眼还没有太多的想法，只是看见它们都在，好好地悬在头顶，就放心似的该干什么就干什么去了。可是时间长一点，比方说在菜园子里，仰起头对着月亮和星星望得久一些，小琴的一颗心就开始发热发软了，不一会儿，小琴的两颊也会发热发烫了。这时候的小琴有时还情不自禁地哼起了歌，虽然小琴没有唱过歌，一直认为自己五音不全羞于开口，但此时的小琴却把那支当时很流行的《望星空》哼唱得很动情，哼着哼着把自己哼唱得满眼泪花，甚至抑制不住地哽咽了。

小琴把天上的月亮当作了自己心中的那个人，而那守在月亮不远处的星星当作了自己。

小琴心里的那个人，在小琴的心中有好长日子了，一天天、一月月地已经有一百六十八个日夜了。那个人就像一粒种子，就像一粒撒在土地里的种子，经过天长日久的孕育，在小琴心里生出了很多很长的根须，至于会不会像撒在土地里的小麦或玉米的种子那样，长出叶儿，开出花儿，结出一个麦穗或是一个玉米棒子，小琴就不得而知了。

那个人，小琴还没见过，更别说牵手拥抱了，可不管怎样，反正是在二十一岁的小琴心里占下了位置，扎了根，否则为啥她心里整日想着那个人，浓眉大眼的军人形象老是在她脑子里挥之不去，不仅如此，还让她老是小心翼翼地把那个人藏起来，生怕被什么人抢走似的。

小琴是不是也在那个人心里扎下了根呢？是不是也整日在那个人的脑海里转悠了呢？小琴没问过那个人，但小琴想，一定的，一定也是这样。小琴不知为啥那样相信那个人。

可她昨天发出了一封信，不是缠缠绵绵的柔情蜜意，而是要把那个人从心里"拔"出去。

想到这，小琴望着月亮的眼睛又流泪了，而且越来越汹涌了。

　　那封信在小琴心里想了有几天了，可一直没有落笔。过了一天又一天，发愁、难过，不断折磨着小琴。终于狠下心的小琴在前一天的夜里动笔了。

　　那天夜里小琴故意早于小妹上床睡觉，她觑着眼听着小妹的动静，等小妹也脱衣上床，而且轻轻入睡后，她才悄悄爬起床，踮着脚尖走到写字台前，轻轻拿出信纸，拿起钢笔，但笔尖还没落在信纸上，眼里就又起雾水了。

　　本来小琴心里那个人她藏得好好的，藏了好长时间，却被那个人给她写的信暴露了。小琴写信给那个人，总是悄悄写完、悄悄装进信封、悄悄贴上邮票，之后再神不知鬼不觉地悄悄投进村中街的绿色邮筒里，就这样将一封封信悄悄地让邮递员送到了千里之外的云南边防线，传递给了守卫着老山前线的那个人。一封一封的信，已经六十四次这样悄悄从北京出发了。从没有被人发现过。

　　而那个人写给小琴的信，也是装进信封的，那信封却与小琴的不一样，小琴用的信封是白色的，那个人用的不是，是黄色的牛皮纸，那种国家机关单位专用的，不仅是专用的，而且是解放军部队专用的，下边注着部队的番号，而且那个人邮信不用像她那样贴8分邮票，信封右边盖着一个红色的三角印章，那印章也是部队专用的，并且非常明显地注明"前线"二字。

　　小琴以前在村里副业厂子上班，村里的信件、报纸都由一位老大爷接收发送。小琴的信当然也是。那个人的来信老大爷只给小琴送了两次，小琴就不用老大爷送了。那个人来不来信不用问，小琴一到传达室门口，老大爷冲小琴微微一笑，小琴就知道了。小琴稍一停，大爷就把信递过来了。小琴和老大爷很默契。

可后来，小琴为了帮姐接送孩子，去了县里的工厂，成了一位合同工。那个人的来信就不再是老大爷递到她手里的会心一笑了。小琴进了工厂大车间，大车间很大，有好几百平米，干活的员工有近百人，好几个工种。有手工操作的，也有机械加工的。有人就要说话，一说话就要有声音，上百人，不要说每个人说一句，就是插着说，也够嘈杂的了，何况还有机械发出的声响呢。

"信，前线来信！"传达室的大姐大声地喊着小琴的名字，只一嗓子，整个车间就没声了。上百双眼睛盯着举着信的大姐一步一步走向小琴，直到把那封前线来信递到小琴的手里。送信的大姐扭身走了，那盯着她的目光全留给了小琴。

村里长大的小琴哪见过这种场面，心怦怦跳得几乎要蹿出来！小琴满脸通红，像做贼似的，头使劲往下低，恨不能钻进工作台下面去。

"前线来信。"传达室的大姐好像故意似的。唉，每次送信都是一踏进车间就大声吆喝着走近小琴，恐怕别人不知道似的。每次送信让小琴的脸涨得跟红布似的，不敢抬头，不敢抬眼。

那个人也是，不知为啥那么能写信，十天八天准会给小琴写一封，写那么多信干啥，就算你不用花钱买邮票，也不能这样呀。三封信合在一起写，又省事又省心不说，也省得她小琴一次次脸红心跳的让一车间的人都看她呀。那个人真是能写，写一封信用五六张信纸，好像一有空就写信，一拿起笔就对小琴有说不完的话。

　　那个人给小琴写信，小琴当然也就给那个人写回信，这样一来，南来北往的信就像一只只鸿雁穿云破雾地飞来飞去了。

　　鸿雁没有顾虑地翻飞，同在一个厂子上班的姐夫很快就知道了，姐夫一知道，自然小琴的姐姐也就知道。姐姐知道了，小琴的母亲也就不可避免地知道了。小琴心里藏着的那个人，就再也藏不住了。

　　家里几口人？兄弟几个？父母多大岁数？有多少房子？母亲问，姐姐也问。

　　小琴摇头。摇头。再摇头。

　　到底是哪里人？小琴没有再摇头，只好全盘托出。

　　沧州人，石家庄部队，现在云南老山前线。这，就是小琴知道的。至于其他，父母多大岁数、兄弟几个、房子多少，都一概不知。因为小琴觉得知道那个人是个军人，正在守卫祖国，就够了，其他从没想过，更没问过。

　　那个人也真是实在，小琴没问，那个人也没说。唉，就是浓眉大眼的长相，她也是从那个人随信寄来的照片看到的。

　　"沧州，那是过去犯人发配的地方。"姐姐大声地说。

沧州，知道《水浒传》的人，都知道"林冲发配到沧州"。小琴心里说，谁不知道呀。

"前线打仗，能不伤人？能不死人？枪子可没长眼睛。"母亲是经过战争岁月的。惨痛的记忆，她一辈子都忘不了。

小琴低着头，脑海里也不由自主地随着母亲的口气想起了电视里那个坐在轮椅上唱《血染的风采》的徐良，以及正在热播的电视连续剧《凯旋在子夜》里的一个个炮火连天的场面。

"你就是想出名！想上报纸，想上电视！"二姐加大了语气。

床上坐着的小琴使劲咬着嘴唇，可泪水还是溢满了眼眶。

为了打消小琴这个念头，让沉醉在梦里的小琴将脑海里的梦打碎，母亲开始托亲戚给小琴介绍对象。城里的，小琴摇头；城边的，小琴摇头；村里的富裕户，五间大瓦房还有汽车的，小琴依然摇头。母亲看着一向老实听话的闺女，只能叹气了。

姐姐以为小琴喜欢军人，就把同事的弟弟介绍给小琴。那个兵一见面就真相上了小琴。小琴一米六八的个头，不胖不瘦，高中毕业，模样虽说不上漂亮，但也绝说不上难看。

一早，那个兵就在厂门口等着小琴，就算大冬天刮着北风，飘着雪花，也坚持着在厂门口等。今天说请小琴晚上看电影，明天说叫小琴去他家吃午饭，后天又给小琴送来了一件呢子大衣。他把一个假期的时间精力都给小琴了。可小琴呢，碍着姐姐的面子，看电影、吃饭都应酬着，至于那件价值不菲的大衣，小琴虽然喜欢，但还是委婉地推掉了。

表面看，小琴的所作所为都符合姑娘搞对象初期时的羞涩。至于小琴的心里，才是拿准了主意呢。那个兵假期一满部队一回，人家前脚走，小琴的分手信也随后发出去了。

不到一个星期，姐姐就得着小琴提出分手的信儿了。自然是把姐姐气得够呛，气得姐姐恨不能伸出巴掌搋小琴一顿。因为姐姐自视一直疼爱着一向唯唯诺诺指东不向西的妹妹，竟如此让她这个姐姐丢了脸，失面子。

从心里说，假如她小琴心里没有那个人，姐姐给小琴找的这个兵还真是不错的人选，个头、模样、家庭都不错，特别是人家还是本区本地的，据说县里还有当权的亲戚。而她小琴心里的那个人无论身高、模样、家庭怎样，就"外地人"一条，就一下掉了架，跌了身份。

家里人不同意，小琴不恨她们，这是爱她小琴，是怕她吃苦，是怕她上当，她都明白。"毕竟这个世上还存在着坏人呢。"母亲说。村里张家的二丫被人家欺负了，李记的老闺女带着孩子回来了。母亲心疼她，她小琴怎么能不知道呢。

小琴拒绝了亲人给予自己的爱，自然得到的就不可能是笑脸相对了。母亲叹气，姐姐冷眼，家，自然小琴就不想回去了。别人看着她堵心，自己也不痛快，何苦呢？小琴选择了躲避。往哪里躲呢？白天可以上班，下了班呢？还有星期天呢？

小琴有些忧愁了，心里也不那么顺畅了。小琴想找个人说说心里话。上班想向同事说说，不行。才上班，时间太短，同事还不太了解。找同学说说，那位同学一听"外地人"，就直接说，不行！就咱这条件什么样的找不着？高中的同学对着小琴搂头就是一盆冷水。找到发小，她们可是前后院一起长大的，她们更是一脸愁容，你难道要嫁到外地去？就算你不去，他的户口怎么办？

小琴的心里罩上了一层霜。

小琴你爱那个人，爱那个人这么久，那个人除了给你小琴一封封日渐滚烫的信以及几张帅气诱人的照片，还给过你什么？一场电影？一个牵手？一个拥抱？没有，都没有！你小琴到底得到了他什么？你了解他吗？他是不是真实存在呢？小琴你自己拿得准吗？

唉，就算退一步想，那个人存在，是个好人，因为你始终相信他是好人，是一位你一直敬仰的保家卫国的解放军战士，而且这一点还从那个人的来信的信封上标明部队的番号可以作保障，那今后呢？就算你不怕那个人战场上受伤，缺胳膊少腿你也愿意伺候陪伴，再退一步往好处想，那个人平平安安从战场上全须全尾回来，你们的爱情真实可信并如愿以偿步入婚姻的殿堂，又有多少人祝福你们？就算你们不需要别人的祝福，也不屑别人眼角处的目光，可你们将来的日子，就好过吗？他可是没有北京户口的"外地人"呀！

户口，对于在北京没有户口的"外地人"就是"黑"人。没有工作不说，就是吃饭，都是问题（20世纪80年代，每个人都是按户口发放口粮的）。住，你们可以借居别人的屋檐下，可那个人因为"外地人"没有北京户口，就算你们有结婚证，你们是合法夫妻，每三个月都要去派出所申请登记"暂住证"的。就算这委屈你小琴能承受，那个人也能承受，那你们的将来的孩子呢？孩子上幼儿园、进学校……都是要户口的。

怎么办？怎么办？小琴心里压上了沉重的石头。

"还不如出场车祸，一死，一了百了！"车间组织郊游，骑着自行车的小琴这样想了一路，但终究没有狠下心将手上握着的自行车冲到路中央。

日子就这样煎熬着，小琴的心不再阳光灿烂了，渐渐发凉了，眼里的泪也渐渐不流了。

小琴下了狠心抄起了笔，在白色的信纸上落下了黑色的字。没有了以往的缠绵，没有了以往的温暖，没有了以往的一往情深，户口、口粮、工作、房子，像一个个冰冷的钉子，凿进坚硬的木头里。

一封信，一页纸，二十几行字，那么决绝。装进信封，封上口、贴上邮票。第二天一早，就在上班的路上"咚"的一声投进了邮筒里。九点钟邮递员就会取走，盖上邮戳，少则五六天，多则十几日，那个人就能看到这封信，看到这封与往常不一样的信。

不是小琴她无情无义，不是她小琴不需要爱情，是她小琴作为普通人家的女儿，面对现实无可奈何的选择——分手。

小琴骑着自行车行驶在上班的路上，二十多里路，四十多分钟，小琴都在想着理由给自己开脱，给自己找借口，安慰那个人，也安慰着自己。

可是一天下来，原以为分手信写完发出，小琴自己就解脱踏实了呢，可班上、班下她心里更不踏实了，睁眼、闭眼，满心、满脑子全是那个人的影子。那个人写给小琴的一封封信，那个人对小琴说的一句句话，那个人的一切，全波涛似的在她脑海里翻腾。干活没精神，蹬车没劲头，吃饭没味儿，睡觉合不上眼。这可怎么办？怎么办呢……小琴愁死了。

那个人收到那分手信会怎么样呢？难受？痛苦？睡不着觉？就像小琴自己这样的，肯定是这样！肯定会这样的……

"前线来信。"中午时分，传达室张姐的声音再一次在车间里响起。

"亲爱的……"没等吃完午饭，小琴就躲到宿舍打开了信。"告诉你一个好消息，我入党了。"小琴心里一热，可还没等她高兴完，紧接着就是"我们的连长牺牲了……班长也负了伤。可我们在指导员的带领下完成了阻击敌人的任务！……"

小琴的心猛地一疼，泪水"哗啦"一下子涌满了眼眶。

我要等他！等着他！等他回来！

可信，已经发出去了。怎么办？！怎么办呢？！……

小琴想到此又使劲掐了自己。要不是夜深人静，她非给自己两巴掌不可。

电报！小琴灵光一闪，脑子里立刻出现了电影《永不消逝的电波》里地下党员李侠拍电报的情景。拍电报！对，快去拍电报，电报一定能赶在那封信之前。

小琴想到此，恨不能立刻爬起来冲出家门，奔到县城的电报大楼。可再着急，也要等到天亮，人家电报大楼开门营业，电报员上班呀。

窗外的天，终于被小琴发酸发胀的眼睛瞪得由灰黑变成鱼肚白了。

"咯咯咯——"院里的大公鸡发出了一声响亮的啼鸣。天，就要亮了。

小琴不到五点就从床上爬起来，悄悄地梳头洗脸刷牙，扫院子，擦玻璃，抱柴火做早饭，一切都差不多时，家里的老座钟才"当当"敲了六下。

匆匆吃过早饭，小琴对母亲说，今天单位有事要早去，不等母亲反应就推着自行车出门了。其实小琴今天是下午班。小琴对母亲撒了谎。小琴长这么大，可以说除了这件事就没有骗过母亲。想到"骗"，小琴心里感到有些不安。因为自小琴懂事以来就没让母亲着过急生过气，就是高中毕业到厂子上班领到手的几十元的工资都是如数交到母亲手里的。

而今，小琴却背着母亲定下了自己的终身大事。

这是1986年11月的初冬，天不是太寒冷，但迎面吹来的北风还是让人感到了冰凉，特别是扶在车把上的两只手，不大一会儿就冻得生疼了。但低着头使劲蹬着自行车蹬的小琴，心里仿佛揣着火炉，好像没感到冷。

风的力度又加大了，不仅用沙尘树叶搅浑了天地，就是太阳也被弄成了灰白色的饼子。

小琴家离县城不是太远，也就二十来里地。小琴每天上班

骑自行车，半个小时就能到单位。单位在公路边上，不用拐弯
直接就可以进大门。县里的电报大楼有点远，要拐进县城顺着
东西方向的中心大街往西，还要骑上十几分钟。

电报大楼在县城的中心大街西头北侧，和影剧院并列着。
影剧院小琴很少去，看过两次电影，都是单位组织的。同事小
张经常去，几乎每个星期都和男朋友去看电影。

小琴使劲蹬着车，身上渐渐发热，骑出大约两三里，头上
就出汗了，脸也觉得热热的。她抹下围巾，心里感觉轻松了许
多。再努把力就要到了。小琴给自己加着油。

看见了县城，望见了电报大楼，小琴心里一阵兴奋。

风依旧刮着，树叶、杂草、纸片、塑料袋裹挟着黄沙漫天
飞舞，可这一切在小琴面前不再那么讨厌了，反而让小琴心中
生出了一种小帆船迎风破浪就要驶入港湾的喜悦。

电报大楼的大门关着，因为还没到上班时间。小琴站在门
口，排在了第一位。之后不久就来了第二位、第三位……无论
后面再来多少位，反正她小琴是第一位了。

电报大楼的大门终于在人们的期待下，开门了。小琴快速
地来到窗口。营业员给了小琴一张绿色的表格，让她到一旁的
桌子上按照表格内容填好。小琴来到桌子前坐下，拿起笔却有
些忐忑了。其实那表格没什么可难的，与信封上的内容一样，
就是收发地址及姓名。小琴手有些发颤，填好了收发地址姓名，
等到填写电报内容时，手不但颤了，简直就是抖了，因为小琴
的心在"咚咚"地擂鼓。

“玉等你归”，扑腾了一路的四个字，怎么也落不到纸上，就算好不容易落上了，竟然四个字，却有两个黑疙瘩。小琴只好又到窗口，不好意思地向营业员买了一张表格。

表格总算填好了，小琴如释重负，她递到窗口，“老山前线”，女营业员瞪大了眼睛，看着面前挓挲着头发、黄土满面的小琴，而后露出钦佩的目光。窗口外的小琴再次羞涩地涨红了脸。

一年后，五月的春日，小琴收到一封电报——前线电报。传达室的大姐这回没有一进门高喊，而是迈着急切的脚步来到了小琴跟前。

小琴哆嗦着手，打开电报，哭了。

工作台的几个同事吓坏了。拿过电报一看：“兴归接站”。

小琴心里的那个人从老山前线回来了。

阿　龙

　　我是狗，人们都这样叫我。

　　只有我的主人喊："阿龙——"像呼唤她的孩子似的呼唤我。每每听到她那或清亮或温柔或悠扬的声音，我就特幸福！无论我在东还是在西，我都会放下一切，撩起欢快的脚步往她身边奔跑。一见着她，我就特舒服特高兴！不仅要摇头摆尾，还会伸出热辣辣的舌头吻她的手吻她的脚。我很爱很爱她！从小小的时候开始就爱。到如今嘴里的牙都掉了好几颗，我还是爱她！因为，她是我离开妈妈后，陪着我、疼着我、爱着我、我最亲最亲的亲人！

　　我是个女孩。我来她家之前，我有一个叫阿龙的哥哥。她很爱阿龙哥哥。只可惜，那哥哥"多管闲事"时，抓捕了一只中了毒药的老鼠死了。于是，她就像"祥林嫂说阿毛被狼吃了"那样把这故事向许多许多人讲述，一遍又一遍……而且说着说着眼里就会雾蒙蒙的。为此，我妈妈的主人很感动，知道她是好人。就劝慰她并且答应把刚刚满月的我送给她。

第二天，她就来看我了。还拿着红红的礼盒。盒子上还有一个大月亮呢。只可惜那不是给我的。她看见我，很高兴！伸手就要摸我。小小的我害怕极了。赶忙躲到了妈妈的怀里。妈妈冲着她"汪汪"大吼，用威武的身躯护卫着我。

"还是再养养吧。多吃些日子奶，让它再长长。"也许是看我太小，也许是她的心肠太软，也许是不忍看我母子分离，总之，那天她没有抱走我。其实，我一点也不小，比起先走的兄弟姐妹我已经大很多了。要知道，和我一起出生的兄弟姐妹，早就有离开妈妈的了……还没足月，它们就被一个一个抱走了。它们每走一个，妈妈都会落泪，都会伤心很久。我怎么知道？因为我看见妈妈那时一天都不吃东西，连水也喝得很少。就是夜里原来打得很响的呼噜也没了。我也伤心，因为我走了哥哥姐姐，少了很多欢乐了……

我们是黑贝！人们都"抢"我们！因为我们不仅身形健壮头脑聪明，而且对主人忠心耿耿。这是妈妈说的，也是主人说的。

于是，我的"独生女"的日子继续延续下来，我继续吮吸着妈妈甜甜的乳汁，我继续我的快乐。我的身量渐渐加长了，身子也肥嘟嘟的了。腿脚也越发蹦跳得灵活了。

一天，妈妈的主人抱起我，对妈妈说：我该给它送走了。它的新家很好，主人也不错。那天你也看到了。一个对仅仅跟她相处了几个月的阿龙很好的人，应该是个好人。她对阿龙那么有感情，对你的孩子也会很好的。于是我就被抱出了门。出门时，妈妈的眼睛一直盯着我，先是湿了，接着就流泪了。妈妈喉咙里发出呜呜的声音。

我则大哭！拼了命地哭！在妈妈主人的怀里拼命挣扎！蹬啊蹿啊撞啊哭喊着：妈妈，妈妈。我要妈妈……我哭了一程又一程，直到自己喉咙里发不出声儿，手脚蹬蹿不动，眼皮没劲撑开为止。我睡着了。

待到我睁开眼时，一切都变了。出现在眼前的就是那天提着大红月亮礼盒的人。红润的脸颊，亮亮的眼睛，微微上翘的嘴角。她手里拿着一根肉肠伸向我。我挺起胸膛竖起双耳龇起尖牙，"呜！呜……"，冲着她就是几声的怒吼。

"我找个箱子！"一进屋，一转身，她手里就出现了一个方方的纸箱。她一哈腰扯过椅子上的垫子铺在里面。于是乎我就被放到了箱子里。软软乎乎还真不错。我收紧不住颤抖的身子缩在箱角，瞪着惊恐的眼睛看着她的一举一动。还好，她只是轻轻地把那根肉肠扔给我，而后轻轻地把箱子盖上了。

至此，我就离开了妈妈，永远地离开了妈妈……与妈妈的气味、妈妈的脸颊、妈妈的声音永远告别了。与熟悉的门、熟悉的窗、熟悉的院落、熟悉的花花草草永别了……

离开了妈妈，离开了妈妈威武的身躯，来到这个一切的一切都是我不知道的、我没见过的地方，我害怕，害怕极了。从牙齿到脚趾都在打战。开始我还能听见妈妈主人的声音，那是我唯一知道的声音。后来也没了。

我又委屈又害怕："为什么要把我放到这里？为什么？为什么？……我要回家。我要回家……我要妈妈……我要妈妈……"我又开始大哭！而且是没完没了地哭！不吃不喝地哭！有太阳时我哭，没太阳时哭。月亮升起时，我会更哭！"我要妈妈！我要妈妈！"

我要用哭吵他们闹他们，黑天白天不让他们安生，就是想让她烦，让她乱！让她无可奈何！"她一烦一乱不就把我送回妈妈身边了吗？"我就是这么想的。

望着新主人放在嘴边的散着香味的牛奶、蛋糕，我不吃！我不喝！渴了，忍着，饿了也忍着，就是哭，哭累了睡，睡醒了接着哭！一门心思，就是回家，就是找妈妈。我把新主人弄得无可奈何，只是搓着手不住地围着我转啊转，嘴里嘟嘟囔囔地说，"乖，不闹了。不闹了……"

第二天，我终于扛不住了，把新主人放在嘴边的热乎乎的牛奶一口气就喝光了。那软软的蛋糕也吃了一大半：味道还不错。

哭，我还是要哭的。我太想妈妈了！太想妈妈的甜甜的奶水了……

第四天我终于不哭了。我似乎明白了：我永远也不可能回到妈妈怀里了。妈妈也许永远也找不到了……

我们狗，也许天生就是母子分离的命，天生就是为人类服务的。因此，我们永远也不可能像人类那样父亲母亲兄弟姐妹生活在一起，享受天伦之乐！但我们不甘心，总抱着父子相逢、母女相拥、兄弟姐妹相聚的希望！于是我们不约而同地在一切可能的情况下，在自己走过的地方、朋友经过的地方留下自己的气味，不约而同地在自己经过的地方、朋友经过的地方低下头用鼻子不住地寻找！也许我们对自己亲人的声音没有记忆，对自己亲人的模样没有记忆，但对于祖先留给我们的气味我们会记一辈子！什么时候也不会忘！只要闻到亲人的气味儿，我们就感觉找到了亲人。就会知道他或她还在，只要可能我们就去寻找，就要奔过去团聚！这就是祖先留给我们的基因密码！是一代传一代，一辈传一辈的独门绝技！

当然，我那时还小不知道这些，天生就爱往地上闻，时间长了就琢磨出来了。要不是这样，为什么我们的鼻子咋这么灵呢？

那天，我吃饱喝足正睡大觉，忽然觉得谁在摸我。轻轻软软的挺舒服。我以为是妈妈来了呢。可我没闻到妈妈的气味。但我没睁眼，任她抚摸。后来，她摸我的耳朵了。痒痒的，我不得不睁开眼了。我抬起头，吓了她一跳！她的手一下子躲开了。可我没叫。不知为什么只睁着眼睛静静地看着她。她也直着眼睛静静地看着我。她歪着梳着两个小辫儿的头，眨着亮闪闪的眼睛，脸红扑扑的。她望着我，我望着她。

"你想妈妈了吧？我也想妈妈。妈妈给我挣钱去了。很早很早就到商店去了，要很黑很黑才回来。我很想妈妈！很想很想躺在妈妈怀里。妈妈的气味可好闻了，甜甜的，躺在她怀里可舒服了。我多想让妈妈陪我玩陪我看动画片啊！可妈妈回来太晚了。每次我都在沙发上睡着了她才回来。我睡得很死，就连妈妈把我抱上床我都不知道……"

她用小手儿抹了一下眼睛。我也用爪子在鼻子上抹了一把。

"你跟我玩儿好吗？咱两做朋友，做最好的朋友。"她的头很低，声音很柔，样子很是可怜，好像在乞求我。瞧她那可怜样儿，真让我没办法不答应。

我心头一热，骨子里的仗义就不由得燃烧了起来。摇摇尾巴，站起身，伸出热热的舌头，在那小小的软软的手上舔了舔。从此，我们就变成了一对朋友！她妈妈爸爸给她啥好吃的，我就能吃到啥好吃的。动画片她坐沙发看，我坐在她怀里看。她站起身，我也蹦下地。她走我走，她跑我追。她成了我的领导，我成了她的影子。从此，她眼里没了泪水，我也没了哭声。她就是雪儿，女主人六岁的女儿。

慢慢地我长大了。我的好朋友雪儿也长高了。她背起书包上学了，陪我的时间少了，而且是越来越少了。开始，天不黑时，还能一进门放下书包出来拍拍我的大脑袋，揪揪我的大耳朵。尽管有时不太舒服，但我也乐意。可再后来，她天不亮就背着书包出门了，到了天很黑很黑的时候才回来。甭说她陪我玩儿，就是能看我一眼也是匆匆忙忙的。唉！我听说她考大学呢。再后来，就好久好久看不到她了，说是考上大学了，考上了很远很远的地方。她就像我当初离开妈妈那样离开家，去了很远很远的地方……再后来，她回来了，对着我又是一通地拍，一通地揪，还老习惯地掰开我的嘴看我的舌头我的牙。我的牙掉了四颗还是她发现的呢。

自从雪儿长大背上书包，我的女主人就成了我的朋友我的亲人。而她呢，也许她老早老早就把我当成了她的孩子她的女儿了，也许一进门就是呢。只是我当初没发现不领情而已。要不然我当初那么哭那么闹，她咋没烦我没嫌我没拿棍子打我呢？还整天对着我说呀劝呀安慰我。她只要在家就围着我转，一天一样地给我做好吃的。后来，我慢慢发现了，感觉到了，悟出来了——她，就是我三个朋友（他们家三个人）中最好的朋友！最亲最亲的亲人！而且是这个人类世界上最亲最亲的、唯一的亲人！就像妈妈样的亲人！

而今，我老了，老掉了牙。腿脚呢，也不像先前利索了，不爱跑不爱动了。不爱动就爱回忆，回忆从前。想起从前，我越发的感激我的女主人！能遇到这样疼我爱我的女主人真是我前世修来的福分！我和她相依相伴十三年（人类的十三年相当于我们的六十多岁。我们的最高年龄是七十多岁），步入暮年的我能这么硬硬朗朗地活着，真是亏了她。要不是她那么精心疼我爱我，我也许早就完了……

离开妈妈后，我不久就病了。先是吐后是拉，吐的脏，拉的臭。最后都拉出血水来了。女主人非但不烦不生气，还疼我疼得直流眼泪。抱我上医院输液打针，喂药喂饭喂水，一通地忙活，一通地着急。还好我终于挺过来了。要知道我这种情况特危险呢。我在医院输液期间是眼看着好几个伙伴躺在那儿直挺挺的，没救过来……

小时候的我特淘气，总是乱叼东西，一会儿叼鞋一会儿扯袜，把家弄得很乱。主人怎么说我也不听。于是我就被拴上了。我不愿脖子上有个套，不愿被拴着。就在家里没人时拼命撕咬。结果，我脖子被勒出血了，很疼。女主人看见了，更疼。立马把套子剪断，拿着云南白药给我一个劲地上。嘴里还一个劲地自责叹气：唉，都怪我都怪我。

我同主人晨练，这是我们十几年的习惯，也是我们最快乐最幸福的时光。想当初自己还不愿意出家门呢。迎着太阳奔跑，迎着清新奔跑，迎着天地奔跑；冬踏皑皑白雪，春迎蠢蠢生命，夏抚青青绿茵，秋醉甜甜梦园……眼见红日沐浴出水，眼见露珠欲滴晶亮，眼见鸟儿起舞歌唱，眼见花儿含羞绽放……

我出门高兴，只顾撒欢儿，脚底下的路根本顾不上看。有一次，突然脚下一阵钻心的疼，一根木条的钉子扎进了我的左后脚指头里！当时那个疼啊，我翘着脚"嗷嗷"大叫！把在后面小跑着的主人吓了一跳。

"怎么啦？怎么啦？"她向我奔来。脚！她一下子就发现了我翘着的后脚。"你的脚怎么了？"她伏下身子手摸着我的头，"让我看看。让我看看。"说着小心地抬起我受伤的脚，"这怎么办？

这怎么办？"急得她脸都白了。我舔舔她哆嗦着的手，安慰着她也安慰着我自己：没事。没事。我生怕她又急哭了。"忍着点儿。忍着点儿。"她喃喃地说。我摆摆尾巴。泪眼蒙眬地看着她。嗖！一下她就把那可恶的铁片儿拔了出来。"咱回家吧。我得给你上些药。"其实这点伤我能忍着，根本不用回家。我踮着脚儿向前跑几步，把我的意思告诉她。"不行，你会感染的。"说着她就转过身向家的方向走了。我只好一踮一踮地跟着回家。

我们到家后，我坐在院子里静静地看着她。她进屋拿出一个小瓶儿、一个小盒，还有一卷纱布，走到我近前，蹲下身："先消消毒。你得忍着不许咬我。"哎呀！那根在小瓶里蘸一下的白头儿小棍儿一碰着我的脚，一阵疼痛就钻心而来！我不由得张开了嘴奔她的手而去！她露出了惊恐。可我的唇一触到她的手就变了心思，锋利的牙齿变成了热辣辣的舌头，在冻得发紫的手上不住地舔了起来。"阿龙真乖。"她拍拍我的头。云南白药，白纱布，她把自己备用的药品，全给我使用了。这药真管事，我的伤不大工夫就不疼了。第二天，好了。一早儿我就又跑又跳地跟着我的主人玩去了。

其实，我的伤并没有多大事，这与一年前初当妈妈的痛相比算得了什么呢？

我清楚地记得，那是个风呼呼叫着，树上的叶子都掉光了的日子。女主人望着我日渐鼓胀的身子："阿龙你是不是要当妈妈了？"我羞涩地眨眨眼，晃晃尾巴。"这大冷的天我得好好给你准备准备。"本来就暖和的窝不仅很快多了一层软和的棉垫子和一层挡风的塑料布，还添了一块门帘子。

　　果然，两天后的夜里，一阵紧似一阵的疼痛让我辗转难眠。疼痛中我的孩子降生了。先是女儿，再是儿子。我初为人母的欢喜代替了腹中的剧痛。黎明时分，主人披着衣服就来看我了。她更是满心欢喜！"快来看呀！阿龙当妈妈啦！"话音还没落地，雪儿就奔来了。就连不善言笑的男主人也来看我了。

　　真没想到，初当母亲的我一天里竟生下了七个儿女！我很高兴。女主人似乎比我更高兴。从头发丝到脚底板都在发笑呢。脚步颠儿颠儿着，嘴里哼儿哼儿着，头发梢儿颤儿颤儿着，就好像当妈妈的不是我而是她。我面前吃的更是丰盛无比：鸡汤、鱼汤、蛋糕、鸡蛋、胡萝卜，一天一样。一盆一盆的都是我的最爱！她宠爱着我就像当年她生女儿时，被家人宠着一样……

　　孩子们渐渐长大了。耳朵尖尖的、鼻子直直的、眼睛圆圆的、身子滚滚的、尾巴垂垂的，那身形，谁见了谁爱：真是好狗。当然是好狗！因为孩子他爸就是好狗，是一只威武健壮的大黑贝，是我自己寻找的另一半呢。我们一直好着，好着十几年，直到这次拆迁，才不得不分开。

　　送我一只吧。送我一只吧。送我一只吧。就在孩子们刚刚开口自己舔粥，刚刚懂得在我身边撒欢嬉闹的时候，主人家就多次响起这个声音。我的心，揪了起来。

　　离别的日子来了。第一天我出去撒尿回来，我的三儿，没了。第二天，我的老大，没了。接下来是老四老五老六，失踪了。最后，我身边只剩下了老小，我那还显瘦弱的女儿。而她也只不过在我身边多待了十几日，多吃了些我的奶水而已……从老三离去到老七被抱走，我的心就开始被揉碎、被揪出、被碾压……疼痛，我深深体会到了当年妈妈的疼痛……

这就是命，我们作为狗的命，"母子分离"永远不可能逃避的命运！天生就是在人面前俯首帖耳的命运。还好，孩子们的去处都是经过主人挑选的好人家。但愿孩子们能像我一样幸运，一样幸福，遇到一个爱他们的好主人。从这以后，我又当了六次妈妈，一共有近三十个儿女。每次都一样，先是被女主人宠爱着，而后是母子分离……

疼痛，既然是不可避免的，那我就学会在疼痛中寻找快乐吧！

还是一个冬天，还是一个北风呼呼的日子。我还是躲在暖暖的窝里因生儿育女被宠爱。我正拥着孩子们的时候，帘子外传来了一阵奇怪的声音，"喵……喵……"很是微弱。

"看看阿龙要不要它？"帘子掀开一条缝儿。女主人手里托着一个灰头土脸的像乱草似的小家伙："阿龙，它没有妈妈了。"那手缓缓地伸向我。我抻了抻脖子，用鼻子闻了闻那团颤抖的乱草：脏脏的，臭臭的，一看就知道是个没妈的可怜孩子。我伸出舌头把乱乱的毛儿理顺。"真是个好阿龙！"主人给了我一个夸奖。我把正挤在怀里吃奶的孩子们分开，弄出一道缝儿，把这个没妈的孩子放到怀里。嗬，这个小家伙还真不客气，一下钻进去逮着奶头儿就大口吮吸起来！从此，我就多了同我儿子女儿争吃争喝的一个猫女儿。

原来，这小家伙是一只弃儿。为啥？也许是因为长得"丑"。雪白的身子，黑长的尾巴，应该是"鞭打绣球"的好品种。可小家伙太不幸了：白白的脸上被一块黑毛占据了一多半，一副很邋遢的样子。

　　我们的美与丑，只看本领，不论长相。自身特殊的本领发挥出来就是好样的。想法很单纯。我们狗忠诚勇敢！对于主人，我们永远不嫌弃，永远不抛弃！贫穷、苦痛、艰难、险恶，我们都始终如一！猫也是。生来就是老鼠的天敌！为此奋斗一辈子！人在很小的时候也很单纯，很善良。又丑又脏的小家伙就是被女主人的女儿雪儿从垃圾堆里抱回来的。七八岁的雪儿心地可柔嫩了。否则，这可怜的小家伙早就在那个冬天冻死了。

　　我和阿咪很好！时而像母女相拥而眠；时而像伙伴嬉戏跑跳；时而又像情侣，每天一见面就你吻我，我舔你地亲热一番。我们在一起很快乐，共同生活了五六年。不信，有照片为证。女主人为我们拍了好多照片呢。

　　再说说我的另一个伙伴——鹦鹉。它是在一次飞翔中被一只可恶的黑家伙追赶，不幸撞在了树干上摔在了地上。还没站起来那黑家伙就扑了上来！它吓坏了，心说：这回惨了。是女主人一个箭步吓跑了追击者救下了它，并把摔伤的它放在一个笼子里，净水小米地侍候。尽管它发现救它的是个好人，但天性胆小的它还是哆嗦了一天。一是遇险吓的，二是对陌生环境的恐惧。小鸟儿的到来，让我好奇而兴奋。因为我从没这么近距离地接触过一只长翅膀的小家伙。女主人还在门外时我就发现它了，是它的气味告诉我的。绿茸茸的花衣服，尖尖的小嘴儿，滴溜溜的小圆眼儿，可真是好看。要不是怕吓着它，我早就跑过去了。

我远远地趴在地上，目不转睛地看着女主人又是水又是食地往一个铁丝儿笼子里摆放。笼子里的它被挂在一根晾衣服的铁丝上。我得抬眼看了。我看它，它也看我。我是大胆地看，而它却是胆胆怯怯的。阿咪好像不大喜欢它，总是吹胡子瞪眼地把它吓得慌神儿参翅儿的。为这女主人很不高兴，阿咪常常遭到训斥。一天过去了，又一天过去了。我们六只眼睛，亮着的，眯着的，歪着头的看来看去的，越来越熟悉了，慢慢了解了，也渐渐地有感情，成了朋友。

清晨，天还蒙蒙的，我们的小院里就响起了悠扬的歌声了。小鹦鹉起得真早呢，每天都第一个醒来。新的一天、快乐的一天开始了。

后来，我家又来一只长耳朵短尾巴的黑家伙——兔子。也是雪儿抱回来的，又是个弃儿，说是同学家的。住在楼房的主人嫌它味道太臊气，就把它给了我们这个有个小院儿的家。

这家伙还像我们一样有名字呢——"sheshe"——还是个外国的洋名。黑家伙还挺灵，主人一叫"sheshe——"它就连蹿带蹦地往主人脚边跑。这家伙也不认生，给啥吃啥，碰啥吃啥。不光吃草吃菜，还到阿咪饭盆儿里吃蛋糕啃馒头，更可气可笑的是还到我的饭盆里吃肉。也就是我们大度不跟它计较算了，谁让它是后来的客呢。这家伙还得寸进尺地会拍马屁！不但不侵扰主人的花草，而且还会献殷勤。每次主人回家，脚步在大门边儿一停，它就颠颠地去接。门一开，又表演似的在主人前面跳跳蹦蹦翻跟头。这让我很没面子！接送主人本来就是我的专利。这个不长眼睛的家伙！就欠收拾！主人一出门，我冲到它跟前，才要教训它，它又立马对我殷勤开了。用三瓣嘴吻我，用舞蹈哄我，弄得我这大个的没了脾气。好吧，只要主人高兴，小院儿快乐，我啥也不想了。

我家还有鱼呢。家里先是有一个鱼缸，也是别人给的，淘汰下来的，一直空着。有一天女主人用一小塑料袋儿装回四条黄褐色的小鱼儿："别人钓上来要吃，我给要过来了。"又是没花钱。寸把大的小鱼儿，一到鱼缸就欢呼起来。"嗖嗖"在水里这个美！招得猫咪几步就赶了过去。"不许捞它。要不就——打！"女主人伸出手掌比画着打的动作。说来真奇，阿咪真是改了脾气。不仅没把鱼偷着捞吃了，还与玻璃缸里的鱼成了朋友，常常来个近距离接触。开始主人和我都以为它要下爪子，我瞪大了眼。主人甚至伸开了手掌。可临了阿咪伸出的不是锋利的爪子，却是粉嘟嘟的小舌头儿，"嗒嗒"地在鱼的头顶美美地卷舌喝起了水。喝毕，四爪一收身子一趴，歪着毛茸茸的大脑袋绅士似的欣赏起鱼儿们的舞姿了。

再跟您说说，我家的花儿。我们家的房子不多，就三间，小院儿也不大。小得还不够我撒欢儿的，可它却四季有花，常年碧绿。花不是名门，叶不是贵族，全是不花钱"收养"的。君子兰是隔壁街坊搬家入住楼房给的。"养了好几年也没开花。"它的主人抱怨。可是来到我们家，一经主人手，就灿灿地开花了。过年时一朵一朵竞相开放，碧绿的叶子上升起一个艳丽馨香的大花球，就好似一早出门的太阳。这使得本已充满了喜庆的家更加亮丽温馨……

一叶兰，永远的碧绿。它只长叶子不开花。叶子一片一片从根部崛起，由小到大，就像一面一面船帆，从遥远的海上驶来，由远而近，一片牵着一片，郁郁葱葱，生机盎然。女主人姐妹六个，每家都有一盆。这是大姐姐送的。七八年来，翠绿如一、片片相牵，就像姐姐牵着妹妹，妹妹偎着姐姐。

文竹，这棵看着娇气实则傲气的花，是一个叫"丹"的湖南小朋友送给主人的。你别看它枝干柔柔弱弱，叶儿细细小小，可它的心气儿志向可高了！为了登高远望，绒线似的茎竟昂首而立，噌噌直指天空！两年的工夫，它的头就够着高高的房顶了。枝蔓蜿蜒而上，"绿云"相随飘浮，就像主人和她的小朋友的友谊，好不惬意！

还有滴水观音。这是一棵知道感恩的花。它跟我说：一个树叶纷纷飘落日渐寒冷的日子，我蹲守在一个豪华饭店的门边，眼瞅着相守了许多个日月的伙伴一个一个被移进温暖的大厅，只有我哆哆嗦嗦孤零零地望着盼着……我弄不明白主人为啥不把我送进屋里。是嫌我丑吗？可我漂亮过呀。否则我也不会在门口"迎宾"呀。只可惜，几个月下来，我"破相"了。叶也残了身也歪了。风呼呼的，好冷啊。我的叶子开始变黑，我的腰杆也在变软。眼看着就要撑不住了……一双眼睛，我看到了一双眼睛，一双过来过去总是关注我的眼睛。"这花快搬屋里去吧！不然要冻死了！"急切的声音。"不要了。"一盆冷水，比呼呼的寒风冷得多的一句话，把我推向了绝望！

"那就给我吧。"一个低缓的声音像一股暖风吹来，让我绝处逢生！我没有理由不好好生长呀！我要长得比以前更大更绿更美！我还要开花，把美丽的仙子（她的花酷似下凡的仙子）送给善良的、救了我一命的那个人。

我们的家除了上面说的还有许许多多的花。有骨刺梅、虎皮掌、吊兰等充满活力的老朋友，也有来家时日不多却让小院儿热热闹闹绚丽多姿的茉莉花、鸡冠花、牵牛花、白薯花、菊花等新朋友。

我爱我们的小院儿。我爱我们的家。这个家总是生机勃勃，这个家总是快快乐乐。主人整天笑呵呵的。我们也是。

没承想快快乐乐的日子不久就罩上了阴影。这是从一年前开始的。"拆迁"这个我们弄不懂的字眼，出现在大街小巷，回响在左右耳边。忧愁、烦躁、不安的气氛，一下子就把我们的快乐搅散了。先是小院儿里的笑声少了，欢快的脚步少了。再就是"啪啪"对着我们拍的镜头少了。我、阿咪、兔子sheshe和我们的女主人，时常在院里儿面对面、眼对眼地发呆……她坐在小凳上，身后是葱绿的花草，左边卧着阿咪，右边趴着黑兔。正前是凝视她的我。她许久不动。我们也是。

一天，家里来了好些人！一个一个全是生面孔。拿着尺子的，捏着笔，一个一个在屋里院外地转呀量呀写呀。关在仓房里的我，"汪汪"大吼着驱赶着他们。

从那天起，我就被一条锁链拴了起来。从那一天起，我的家就开始出现许多人影。有见过的，有没见过的。有男的有女的。他们把我们家里的东西一件一件往外搬。先是柜子桌子椅子，后是冰箱电视电脑洗衣机，接着就是一包一包，一箱一箱……他们……他们都把……我亲眼看着主人搬进家门的一切、我守了十几年的一切，全部弄走搬空了……

"汪！汪！汪！汪！"我用狂吼倾泻着胸中的不平、愤怒，乃至仇恨！"出去！出去！这是我的家！我的家！你们住手！住手！我要咬你们！我要咬你们！"我拼尽一切气力！"哗！哗哗！"是锁链，是脖子上的铁链锁住了我。

"汪——汪——"我的喉咙很快就嘶哑了……胸腔里也好像被一团烂布堵上了。脖颈上的锁链被我的愤怒震得咣咣啷啷，没过多久就深深地陷进了我的肉里……血流了下来，肉也扯了出来。而我的吼声，最后也不再是"汪汪"，而是变成了"呜呜"的哭声……

为什么？为什么呀？泪水，滑了下来……哗哗啦啦，哗哗啦啦，很快变成了河流……汹涌的泪水呀，把我的茸毛，我脸上茸毛从不会倒下的茸毛冲得东倒西歪……

我会哭吗？我们狗会哭吗？为什么不会？！为什么不会？！为什么不呢？……我们与你们有什么不同，有什么不同呢？头脑、四肢、心、肝、肺，你们有，我们也有。站立、坐卧、行走、跑跳，你们能行，我们也能行。甚至，超越你们！至于爱恨、悲欢、辛酸、苦痛，我们又有什么理由不懂不会呢？我们和你们是一样的！一样的！（要说不一样，就是你们立着走，我们爬着行。可你们也曾爬着走过呀！）

我的家，我们的家啊，我守了十三年，日日夜夜守了十三年的家，就这么没了。

搬迁，对于你们——人，家园的失去，也许会苦痛会忧伤，可终究会被新家的高楼大厦消融。而我们呢？哪里会是我们的家呢？

我们的家，快快乐乐的家，散了……

阿咪，逃了。带着她的儿女们逃了。

黑兔sheshe被送走了。送到了一个陌生的地方（一个月后也死了，脖子上长了一个肿块）。

鹦鹉，放飞了。飞向了它向往的天空。

院里的花草，主人左看右看还是没能全部带走。它们或被一只只大小不一肤色不同的手搬走了，或被一棵一棵遗弃了……

空荡荡的屋，空荡荡的院，空荡荡的家，只剩下了我，这个被主人唤作阿龙的狗……夜，来了。今天这个夜，咋这么黑呢？！从没有过的黑。连星星月亮都给淹没了。今天这个夜咋这么长？从没有过的长，漫长得没有边际。冷，从没有过的冷，浸入骨髓的冷。

夜，终于过去，太阳升起来了。主人来了，陌生的人也来了。主人牵出我，"哐当"一声把大门锁上了，可钥匙，家门的钥匙却给了那个陌生人。

这个家，我们的家，我们曾相亲相爱的家，从此没了。

女主人抚着我的头，抬起脚……她仰着头紧咬着嘴唇……我垂下尾巴，吃力地挪着脚步……回头，我使劲扭转着脖颈，许久许久盯着那个家门，那个绿色的家门……

主人本来是不打算把我送人的。可我却惹祸了。

那天，我跟她来到自家的商店。她嘱咐我好好听话，别吓人。第一天，我乖乖的。第二天，麻烦了。一个陌生的人竟大步来到我面前，鄙视我！我一下恼了！郁积多日的怒火爆发了！我张嘴就给他的小腿来了一口！

我闯祸了。女主人闻声跑了出来。我怕极了，蜷缩在地上浑身哆嗦。还好主人只是皱了皱眉头叹了一声，就赶忙带着那人往医院跑。男主人来了，开着一辆带车厢的车。还没等他说话，我就灰溜溜地上车了。其实我可后悔了。唉，这些日子我的心境太坏了。

唉！这下我就惨了。我被送人了，送到一个陌生的地方。

那家人按说对我不错，把我放在一个很宽大的铁笼里，站着坐着躺着都还舒服，吃得也不错，还是带着肉味的狗粮呢。我是从没吃过的。但，我没吃！甚至，连过去闻都没有！

我要回家！这个念头让我对这里的一切视而不见！

我"嗷嗷"地号叫。我在哭，我在大哭！我的主人，把我带回家……把我带回家吧……不能不要我呀！我乖乖的……我乖乖的，我听话，我听话……我知错了，我知错了……我改，我改，我改还不行吗……我再也不乱咬人了……再不了……哪怕那人再鄙视再看不起我，再欺负我……

我的男主人走了，在我的痛哭声走了。在我泪流满面的时候、在我声嘶力竭的时候，走了。

天黑了。我对着天空哭泣，对着星星哭泣，对着月亮哭泣。对着它们述说着我的委屈、我的遭遇、我的痛苦……此时，也只有它们知道我、理解我、懂得我的悲伤……

十几年来，我度过的所有日子，所有的忠心、所有的付出、所有的艰辛，都没有逃过它们的目光。是它们年年月月陪着我，日日夜夜望着我，时时刻刻牵挂着我。星星泪光闪闪，月亮泪眼蒙眬……

第二天，太阳刚一露头，我就听到了我熟悉的声音——脚步声。一阵急匆匆的脚步声。我敛气息声，凝神竖耳。那脚步一步一步向我走来！那声音由"嚓嚓嚓"的细微渐渐演变成"咔咔咔"的轰鸣！我的心猛地跳动起来。我站起身抖抖身上的茸毛，双眼死死地盯着大门，那扇关得紧紧的大铁门。我焦急地等待着盼望着我的亲人——我这个世界上最亲最亲的亲人出现！

是她！我最亲最亲的那个人，我那融进血液、铸入骨髓、视为生命的主人！我要扑向她，扑向她的怀里！只可惜我雄壮的身躯被巨大铁笼困住了！我用力冲撞着！冲撞着！

只见我的主人就在推开紧紧关着的大门的一刹那，就大步奔向了我！困住身躯的笼门打开了，我扑了出去！我们相视而泣……我欢腾雀跃仿佛回到了童年，拼了劲儿地甩着尾巴跳着脚儿地围着我亲爱的主人前前后后地旋转，旋转……

我瞪着泪光闪闪的眼睛对着我的主人左左右右、上上下下地仰视着，仰视着……用力举着鼻子对着我亲爱的人前前后后、左左右右、上上下下地舔着，嗅着……

而我的主人把她的双手也全给了我，在我的头上、脸上、脊背上不停地抚摸，抚摸……我的鼻子、我的脸颊、我的额头、我的脊背到处涌动着暖流，涌动着温情……

我的内心就像有团火，烧得全身滚烫！全身颤抖！我的主人依然爱我！依然爱我！我多么高兴，多么高兴啊！我伸出又大、又长、又红、又烫的舌头，在我亲人的手上不停地吻呀吻呀……

她把大门推开，带着我走出大门。我高兴极了！我回家了！我回家了！我真想撒开脚儿一溜烟地跑下去，跑下去……一直跑回我的家，我一直深深爱着的家。

可是我的主人，只是带着我在大门外转了一个圈儿，一个不足半个小时就转回到大铁门的圈儿。主人，我亲爱的主人立在那扇大铁门前："阿龙，进去吧。"一声轻唤却让我感到寒冷的声音又把我送进了大铁门内，关在了那个大铁笼里。而后，转身走了。

我呆了。许久才醒悟过来：我还是不能回家。不能回家。

"妈妈——"我真的喊出了妈妈。十几年来，我确确实实把她当成自己的亲妈妈了。她也确确实实把我当成她的孩子了。

"妈妈，妈妈带我走吧……带我走吧……不能离开你！我要和你在一起！我要和你在一起！你是我的亲人呢，亲人……是我在这个世界上最亲最亲，而且是唯一的亲人呀！……"

我的心，受伤了，撕裂般地疼痛。

面对送到嘴边的清水，我不喝。面对散着肉香的狗粮，我不吃。嘴唇干裂了。鼻子脱皮了。喉咙嘶哑了。身子很冷很冷……面对明晃晃的太阳，面对闪闪烁烁的天空，我只能孤苦地啜泣，哀伤地呜咽。

一天过去了。又一天过去了。我在思念着，我在痛苦，我在企盼着……

又是一个清晨。那熟悉而亲切的声音再一次传来！我的主人我的妈妈来了！回家，希望之火再次点燃！开门，亲热，抚摸，转圈儿，离去，悲伤。主人和我再一次重复着上一次。只是这一次她眼中的泪比上次少了……抚摸我的手也轻了……我感受的温暖也少了。

天气冷了。树上的叶子也开始随着寒冷的风飘零了……呼呼的风拼命地追赶着它们，抽打着它们，席卷着它们。单薄的它们在钢筋水泥铸就的高楼大厦间奔跑，在宽阔漫长的柏油马路上逃命，在昏黄的天空中呼喊，它们到处游荡到处碰撞……它们被撕扯着，它们被撞击，它们被摔打着……伤痕累累，千疮百孔，残破不堪。千百年来，它们的祖祖辈辈都是叶落归根的呀。大地是它们的家。可它们却找不到根、找不到家，甚至找不到回家的路了。它们蜷缩，只能蜷缩着、颤抖着，将吸吮着天地之精华的身子蜷缩在肮脏的角落里，在角落里无助地痛苦地饮泣……叶子再也回不到大地的怀抱了。再也不能回报、滋润母亲了……因为，此时的人们正用钢筋水泥吞噬着，吞噬着树以及树以外的生命，比人"低贱"的生命。

但，我要等。我要等我的主人回来，带我回家！任呼呼的风再大，任漫天的雪再飘，任老天再寒冷，我也信心不减！希望不灭！回家，回到主人身边。只要能看见她，只要能听到她"阿龙——"的呼唤，只要能闻到她身上散发出的一丝气息，就是死，我也不惜！

可是，我失望了……

主人开始是三两天看我一回，后来是五六天，再后来就是十几天。先是带来家里的饭菜糕点，最后是饭店里的残羹剩饭了。

我绝望了。

就在人们喊着冷，喊着五十年都没这么冷的冬天，我的心底的温度也降到了我一生中的最低点……

冰雪来了，寒风劲吹。冰雪又来了，寒风再劲吹。温度一降再降。

在一个冰冷的夜，在一个孤独的夜，在一个绝望的夜，我听到了一个遥远遥远的呼唤，像母亲像父亲，又好像是爷爷的爷爷的呼唤……

我循着那呼唤，走了。

一切都结束了。我的快乐，我的思念，我的牵挂，我的悲伤，我的希望，我的……

一切一切都结束了。

尾声

我是阿龙的主人。

我是在一个婚宴上得到消息的。

那是2009年12月28日的中午，十二点，外甥结婚，婚礼礼成的时刻，大大的餐厅都沉静在无比兴奋无比欢乐的时刻。

一个电话打来，我的泪，就溢满了眼眶：阿龙，死了……当时，我恨不能马上扑到我的阿龙身边。

为了"脸面"我强压着悲哀！可泪水是压不住的。

阿龙，我的阿龙呀……是我害了你……害了你呀！……

我无情无义，我无心无肝……为了自己……为了自己抛弃了你……抛弃了你……

十几年，你陪着我、陪着女儿，守着这个家、保护着这个家……而今，遇上拆迁，我搬上了高楼大厦，而你却被高楼大厦排挤，被我——这个自诩何等"善良"的人——抛弃！

悲伤，悲伤冲撞着我；良心，良心撕扯着我。在婚宴上的我再也坐不住了，迈步冲出了大厅，向着我的阿龙奔去！

我乘上一辆出租车，急急地打着电话：阿龙在哪儿？阿龙在哪儿？我生怕他们把阿龙当肉吃了。

还好，爱人开车把阿龙拉回来了，离开了那个陌生的地方。

我的阿龙，回来了：一条白色的袋子，包裹着阿龙，我的阿龙……

矫健的身躯，明亮的眼睛，强壮的四肢，都被一条白色的大袋子遮盖了……那条粗大的、长长的尾巴，垂在外边……

阿龙……阿龙……我来了……我来了……你回来吧……你回来吧。

阿龙没死！阿龙没死！我的阿龙回来了！回来了！我看见了，我看见了那条粗粗的长长的尾巴……动了！动了！阿龙的尾巴向我摆动了……

我扑上前，就要抱起阿龙，与我相伴了十三年的阿龙。

可惜，我的阿龙，我的阿龙，永远也不会不来了……永远永远地走了。

阿龙去了，我沉浸在悲伤之中。

来到这条小路，曾留下我和阿龙无数脚印的小路，来到这林立着高大白杨曾飞扬无数欢笑的小路，我含着泪水在一棵大杨树下挖了一个大坑，把一块我睡过的席子铺在坑里，把用白袋子包裹的阿龙轻轻地放在上面。席子紧紧包着我的阿龙……一层层黄土，一层层黄土，就这样埋葬了一条狗、一条好狗——一条为主人尽职十三年、献出青春、捧出热血，而后被主人抛弃的好狗——一个被称为阿龙的好狗。

"爱犬阿龙之墓"。

这，就能减轻我的痛苦吗？这，就能减少我的悲哀吗？这，就能减少我对一条狗的歉疚吗？

从 2009 年 12 月 28 日到 2010 年 3 月 11 日，七十四天了，我哪天能忘了我的阿龙——陪我十三年的阿龙……

就是此时此刻，已经过去十一个年头，想起阿龙，我的阿龙，我仍会泪眼蒙眬。

"阿龙——"

"阿龙——"

"阿龙——"

我在我们曾一起奔跑，一起欢笑的路上，呼唤："阿龙——"

我在埋葬了阿龙的大杨树下呼唤："阿龙——"

我在我的梦里呼唤："阿龙——"

我的阿龙，却再也不会听见了。